诗收获

2019年春之卷

李少君
雷平阳
主　编

长江出版传媒
长江文艺出版社

诗收获

2019年 春之卷

编委会

主　办：长江诗歌出版中心 中国诗歌网

编委会主任：吉狄马加
编委会（以姓氏笔画为序）：

冯明德　吉狄马加　朱燕玲　刘川　刘汀
刘洁岷　江离　李云　李少君　李寂荡
吴思敬　谷禾　沉河　张尔　张执浩
林莽　金石开　周庆荣　胡弦　泉子
娜仁琪琪格　　高兴　黄礼孩　龚学敏
商震　梁平　彭惊宇　敬文东　谢克强
雷平阳　臧棣　潘红莉　潘洗尘　霍俊明

主　编：李少君　雷平阳
副主编：霍俊明　金石开　沉河
编辑部主任：黄斌
编　辑：一行　祝立根　徐兴正　王单单　王家铭
　　　　谈骁
编　务：胡璇　王成晨

　　南糯山中的哈尼族人，根据人体结构进行布局，建造了自己居住的村寨。在他们村寨的平面图上，右手所在的地方是村寨的正门，供活人出入；左手所在的地方是死门，供死者远去；左脚所在之处为早夭者设有一道小门；右脚所在之处则是牲畜专用之门；头颅所在之处乃通往天空的门；心脏所在之处乃是村寨的中心，人们在那儿祭拜众神。

　　这种出自实相、穷尽想象力又落头在具体生活中的一个个"聚落"，每次深入其中，我都会觉得自己来到了某具躯壳或某个显影的灵魂之内。它既是想象的空间，又是真实的现场，它通向虚幻的场所，又通向每一户确切的人家。它那遵循于人体又超越人体并最终遁迹于身体器官之上的空间，我为之着迷，却难以付诸用来表达的符号化语言。在这个空间内，一个寨子的格局与命运，一直在沉默地揭示这具体生命的隐私与象征，我努力地去靠近，禁区和圣地却一再地将我阻拦回来。

　　我理解的诗歌在心脏处，亦在几道门边。它们离去，它们回来，它们乍现于往返交换的一瞬，它们肃穆地存在于寨心点燃的篝火里，它们散落在各个器官之中。

雷平阳

2019 年 3 月，昆明

诗收获

2019年春之卷

目录

评论 // 187

中国诗歌网作品精选 // 211

域外 // 225

季度观察 // 271

《如山之二》　王煜　丝网版画　47×65cm　　2016 年

季度诗人

短诗三十首

/ 王小妮

王小妮，1955 年生于长春市，
1985 年迁居深圳，著有诗集、随笔、
小说多种。

自杀的鱼

月光松沓沓。
一条鱼猛一用劲跳出水池
哼了几声不动了。
四周发灰哦松沓沓。

想去摘朵新开的白兰
那香味笔直笔直
想了一年了。
直奔着花，跑过月亮地
不小心踩上这条自杀的鱼
软到吓人。

有肉的桑叶
白刺在起棱
小眼珠里一汪光。
赶紧后退，全忘了世上有花香
鱼哦鱼，我好无助。

腾冲的月亮挨过来

偶然回头被它吓了一跳
怎么会有那么大。

不出声地紧跟着
就在背后，又凉又白
已经不能再近了。
那张圆脸，能把人吸进去。

赶早班飞机的路上
天还完全黑着。
为什么它白晃晃地紧追不舍
还有点失魂落魄
像要张嘴说话
它浅色的头发都在乍起。

想到这是腾冲
我背后没理由地跟着个它。
高黎贡的山尖还没有一丁点光亮
人间孤魂太多了。

半片肉

好苍白，飘浮在无比黑的天上
是流光了血的白。

哪个挥刀，削去了哪个的身体。
无处可依的那半片肉
在斜前方可怜地挂着。
盛着所有我们的这潭黑水
绝不给它加入
明晃晃只出卖它一个。
管它求生还是求死
我们好像都安全
都是靠住了好主人的哦。

忽然有声音贴近说
喂，你不觉得你躲在这儿好苍白？

晒谷场

晦暗的月光照到空了的晒谷场。
农民早早收了新稻
口粮们安全了。

无处不在的月亮灰
遮盖了所有地方
怎么眨眼都看不清。
没有谁在喷发
没有火山
但是我被埋得这么深。

紧吸住石阶的蚂蟥也是灰的
它身体里储藏的血
人的血和牛的血都不再发红。

重阳过了，忽然想登高
上了屋顶的打谷场
看着天下被今夜的月亮灰给埋了。

在长春

我爸爸的月亮
还是那么扁。
越走越高
高过任何能看到的天体。

他一个人的蜡烛头
软耷在风里。
我们的专属
钝的，一点儿不亮

立着而不晃眼，吝惜它的光
这样就对了。

拉门的缝隙做着很长的梦
我一直在那儿捏碎下一颗夜明珠。
满城的人都睡了

白袜子松脱的爸爸
为着某件事儿
还在一个人赶路。

他走过的地上好白呀。

头上戴一根草的人

那人已经忘了头上戴了根草
坐在傍晚的路边，
他在为某件事情发愁。

月亮出来，照着那片峭立的草原
只有一根绿塑料的苍茫。

天在暗下来

寒气从低处来，赶紧加衣服。
泥墙外有农民赶小猪
天就是这时候黑的。

扣子还有闪亮
山谷间刺出一股狭长的光线
小猪的眼睛格外有神
好像从来都是这样。

棉袄哦依旧松软暖和。
云彩和月亮正在老屋顶上争位置
你死我活的。

月光白得很

月亮在深夜照出了一切的骨头。

我呼进了青白的气息。
人间的琐碎皮毛
变成下坠的萤火虫。
城市是一具死去的骨架。

没有哪个生命
配得上这样纯的夜色。
打开窗帘
天地正在眼前交接白银
月光使我忘记我是一个人。

生命的最后一幕
在一片素色里静静地彩排。
月光来到地板上
我的两只脚已经预先白了。

甘南的山坡

茅草正忙着结穗，大地生了新头发
荒野上一层层银屑有光亮。

回家的绵羊走过这临时的晒银场。
月亮过来

摸它们的脊背
逐个儿变成一条条的白
逐个儿亮亮地过山坡。
晚上光秃的山川
被爬坡的羊脊梁装扮得真好看。

藏人护着煤油灯钻出银顶的毡帐
他朝正前方嘟囔什么
很久很久
把银场说成草场。

流眼泪

闷不透风的橡胶林。
小刀固定在手上
白胶整夜地流过树
接胶的铁罐亮澄澄就快满了。

月亮上来
今天的它好细脆
脆得下一刻就要断掉。
割胶工赶在夜里钻进橡胶林
每人一把闪闪的刀
成片的树影子流着最稠的白眼泪
看那锋刃。

影子和破坏力

五月的夜光穿透我
冷色画出更瘦长的阴影。
天通苑这些石砖上
筛子般透亮的夜行人

正着急地踩着地上的那个自己
一步步挺进，一步步都踩得很准。

自己踩自己，没什么感觉
京郊的无名小路，月光铺得真均匀
再三践踏并没觉得难受。

我跟着我的影子走
一会像灰兔子，一会像白狼。

绞刑

云彩很多。
仰头时想到了绞刑
蒙眼布和绳索，有缝隙的活动踏板。
我仰头，等着最后的扑通一声
你们谁来动手？

心跳，脚能探到的全是向下的台阶
真不是什么好感觉。
月亮还隐约吊在高处
真是平静，已经死过，已经凉了。
今夜该轮到哪个
行刑人在暗处抻他的皮手套。
黑漆漆厚云彩翻卷
扑通一声。

执灯人

月光正来到这孤独的海岛。
连绵的山头一个个亮了
一个个胖墩似的执灯人

一个接一个慢吞吞地传递
看上去那灯很有些分量。

守在窗口，隔一会，忍不住看一眼
那浩浩荡荡的光明队列
好像和我有关
好像我还有机会加入
好像我也有机会去端一下那高处的光亮。

好像还懵懵懂懂有妄想。

乌云密布压到了地

月亮偶尔挤出来
立着，寒光挑开众猛兽。
云的厚皮被剥落
嚯，有黑有白。
从古到今，每年每月
那耀眼的复仇者占据制高点
在人不可接近的地方依旧伤人。

乡村里有人走出
月亮正被遮住，他紧跟着灭了
多骨头的脸上有青光
两只粗手下沉
满满的提的是乌云的肉。

今夜我出门在外
深一脚浅一脚
不得不穿过众多失血的尸体。
乌云里藏着刀哦，想不害怕都不行。

去上课的路上

月亮在那么细的同时，又那么亮
它是怎么做到的。
一路走一路想
直到教学楼里电铃响
83 个人正等我说话。
可是，开口一下子变得艰难
能说话的我去了哪儿。
也许缺一块惊堂木
举手试了几次，手心空空。

忽然它就出现了
细细的带着锋利的弧度
冰凉的一条。
今晚就从这彻骨的凉说起。

菠萝熟了

喂，月亮，早听说你的威力
现在，你跑到我眼前
安静又辽阔地照进了这片菠萝地。

刺猬们列队享受月光浴
甜蜜的墓园
一片灰白。

我心惊胆战
失败者竟然都活着
能闻到菠萝毛刺的气味。
满心的害怕，横穿过这遍地骷髅
它们鼓着，个个都受够了

个个都等着爆出来。

仇恨

没有月亮的这一夜，什么都出来了。
太白星和大熊星座
神仙和猛兽远远地躲着喘气。

一个念头
草棚下走出蓬头的少年。

喷水磨刀，月黑风高
拇指再三试过那一条光
猛地起身，白晃晃的什么也不怕。
究竟是什么仇哦
等不及披件素白衣
等不及月光照上红土路。

刺秦夜

一切都要赶在月出以前。

没人发现他
松林慢慢拉下黑面具
荆轲也许就在左右。
不知道这一刻
他投下多少挎刀的影子
大地紧闭，按紧了勇武的心。

银光高升，月亮蹦出来
树的血管条条透白。
今晚月光沉

快被压断气了
几千年的灰土
使劲使劲一阵拍打。
没心喊什么荆轲
趁黑动身的，谁不是孤身一人。

渔排上

红沙渔排
渔夫在天黑时回来
丝网搭上亮起来的铁丝。
看不清表情的渔夫讲起昨夜在公海叉鲨鱼
九米长的鱼，他的快船才六米
船头都拼红了。

他的女人下到摇晃的水影里擦快船
月色真的钢一样亮。
还好给那鱼精逃了
渔夫没被抛在月亮最大的公海上。
他在燃一炷香
神龛那儿白烟正涨开。

6月3号的日记

慢慢吃了水银珠子的这些年
凌晨的电话只响一声。

把我们都熬老了
只有月亮还是个少年
蹭脏了的圆脸，带着这个晚上的汗。
随意搭上哪个路人的背
随意又滑掉。

更多时候小心地贴着天
生怕它攒的一大袋水银都落下来。

有月亮，却不发光
不能再远地挂着
和过去的那些年一样一样。

寻仇者

那凌空的一条
吓人一跳。
镖客、打铁的、吹玻璃的都缩到暗处
只剩了那条锋利
高悬，凉的，炯炯有世仇
定一定神，瞄着这黑的人间。

眼看要趁着风力斜旋下落
它的对手急了
要扑向阴影里去避难。
一棵老透了的金桂
满头翘着浮起的碎花。
寻仇的就要刺过这温吞迷醉的树
看那月光，箭似的下旋。

忏悔

从老木板缝漏下
落在大雷雨后的最湿处
亮光光晃人眼。

泥土跟着水走
收了手的驼背银矿主

后身闪烁有乌光。
他正去亲那流走的土
被无数手翻捣无数遍的烂泥亮光光。

忽然他想亲上一夜，不是亲一下。
无限拉长的一夜
牛皮筋似的。
天光浅淡
流水漫过我们躬身入土的轮廓。

剥豆之夜

和婆婆们坐在路边剥蚕豆
四周还有些亮
月亮浅浅地显在天上。

蚕豆在手里，没一点温度
顽强的不肯软掉的一大颗
有棱有角好坚韧。
渐渐，谁也看不见谁了。
月亮正在生长，光芒鼓起
绷紧的豆皮紧跟着透亮
绿眼珠够尖锐。
提这小半袋夜明珠
走在回家路上
衣裳发了白。

闷热

热得太深了
当头挨了一枪托的晚上。
蝉把月亮喊出来

又大又圆，一个胖少年
你们哦，真忍心耗去我的好时光。

黑洞洞的天
虚情假意拥着少年
好像稀罕它
顺便也稀罕一下走在大路边的灰的我们。
闷雷滚得太慢
月亮的白影从背后摸过来
牙齿闪亮，伸手不见人。

砍羊

傍晚，有人在十字路口砍羊。
人行道上立着那羊的头
有卷毛的脑瓜
刚离开的身体还在抽动。
拿斧子的需要路人相信他刚杀了一只真羊。

碎骨和肉屑，红的流星在溅。
圆月躲得最远
现在天上更安全。
羊的血像多条跑远的蚯蚓
路面上所有的红色都在这会儿变暗。

后来，街灯照着滚起肉味的尘土
烤羊腿的烟雾上升。
越来越洁白哦
那只羊的头
独自戳在风一遍遍掀过的月亮地上。

我的光

现在，我也拿一团光出来
没什么遮掩的，我的光也足够的亮。

总有些东西是自己的
比如最短的光。
比如闪电
闪电是天上的
天，时刻用它的大来嘲笑我们的小。

划根安全火柴
几十年里，只划这么一下。
奇怪的忽然心里有了愧
那个愧跳上来
还没怎么样就翻翻滚滚的。
想是不该随意闪烁
暗处的生物哦
那么还是收拢回来吧。

过去多久了，这是

他说，十年没见过月亮了
不是它没有，是没什么时间去望天。
刚这么一说，他就去世了
然后，又过去了十年
实在太快了，快步如飞，飞得残忍。

今儿夜，最想告诉他
有他和没他，一切都淡得没趣。
太阳和月亮忙进忙出
都是小事情

不管过去了多么久多么久多么久。
可你快转身来看一下
海面上激灵激灵的那条泥猛[1]的白
就在盐光的上面。

天亮前

我们还没抱一下
没有像模像样地告别。
既然还有时间
不要那么急
夜晚就是用来耗费的。

芦苇的尖在打转
马耳朵里那根长血管好耿直
精灵们都探出来笑一下。
大家都在夜里生长
在暗处淬得发亮
时间把我们熬成了黑里面的白物质。

多深多暗的晚上
现在过来吧
让白和白紧紧抱一下。

含着

被含着
很直的云彩像根面条
后来散开了，又像膨开的油条。
不管怎样，云彩都要含着今天的新月

---

[1] 泥猛，一种海鱼。

它们喜爱那块糖。

失眠的晚上，看着表针跳到了明天
终于最先看到了未来。
月牙在下坠
山谷中显现一拨穿黑袍的死囚
糖块忽然掉了，忽然发现前面是座牢狱。
不是人人都想被含着
紧抵着的那是弯刀。

面粉厂

天，真的暗下来
月亮把街区变成了面粉厂。
店铺都是卖面人的橱窗
好舒服的白哦
我得坐得更端正一点。

贮藏的季节到了
老婆婆们在唱丰收。
稻草人一个个回家
芦茅连天，晃着白了顶的头。

可它突然消失
晚上的面粉厂倒闭得快
所有的暗处显出挨饿的疤痕
不会都忘了吧。

语言活化与日常想象力

——王小妮《短诗三十首》读札

/ 一行

　　《短诗三十首》中有王小妮多年来"一以贯之"的东西。这个贯注于写作的"一"，这个被恒久保持的诗性内核，同样也存在于她较长的诗作《我看见大风雪》《和爸爸谈话》《十枝水莲》中，存在于小说《方圆四十里》和非虚构作品《上课记》里。这个"一"，就是对语言的"活化"。王小妮并不以文本的精致见长，但她作品中的词与句像是活水中的鱼群，总是处在活灵活现、活蹦乱跳的状态。就《短诗三十首》而言，这组以"月"为主题或背景的短诗，写出了中国当代新诗中极具现场感、有着众多想象向度的"月之诗"。它们激活了"月亮"这个物象或词语的诸种潜能，使"月亮"的诗性在每一个具体日常情境中被即刻捕捉，下笔利落、洒脱、毫不拘谨，读来有一种让人惊喜的跌宕感。

　　使语言"活起来"，这一对诗歌的要求并没有看上去那么简单，那么容易达到。有多少人的写作是被陈词滥调、文化积习和修辞惯性支配，就连表面的"奇特""朴素"也只是囿于某个套路之中的"奇特"和"朴素"。而语言的活化，首先就要求诗人摆脱从各种文化场域而来的套路，不断进行语言的更新。对当代新诗来说，"套路"的场域来源主要有二：学院和江湖。学院套路的核心是高度智性化的、诉诸复杂隐喻的修辞操练，江湖套路的核心是段子化的、玩世不恭的口语。这两种套路构成了各自场域中写作者的主导习性，并构成围绕"诗歌"进行的象征交换活动（名利追逐）的基础。《短诗三十首》中有隐喻，但没有学院腔；有口语，却没有江湖气。这些诗从风格上说是简朴的，并不刻意追求新奇，却自带一种鲜活之感；它将口语的灵活性和隐喻意识的多向延伸性统一在诗的形态之中，为"月亮书写"贡献出了个体化的、非套路的"新质"或新感性。

从诗的发生机制来看，王小妮的写作属于从日常情境中汲取词语的类型。这与那种"词生词"的演绎写作和"文化生词"的互文写作区别开来。对她来说，词的诞生之地乃是具有实感的"现量"：

> 月光松杳杳。
> 一条鱼猛一用劲跳出水池
> 哼了几声不动了。
> 四周发灰哦松杳杳。

这是《月光30首》中第一首诗的第一节。它既是事物场景，又是语言场景：物的跳脱同时是语言的跳脱。这节诗显示出王小妮诗作的几个主要特征：直接切入，谈话语气，干脆利落的短句，现场感。王小妮的诗很少有那种迂回或"绕"的写法，她喜欢直接进入场景和瞬间，准确地找到事物之中诗意生成的"点"或时机。写一条鱼，她就让你直接看到那条鱼（《自杀的鱼》）；写晒谷场，就让月光直接照到晒谷场（《晒谷场》）。这种直接性使得诗人无法藏拙，无法用一些花哨的手法来进行掩饰，因而构成对诗人直觉和感受力的检验。从王小妮诗歌的开头方式和行进方式来看，她首先依靠的就是自己在某个场景中当下产生的直觉。这直觉足够强烈，带着自身的穿透力（如"月亮在深夜照出了一切的骨头"）和运动感（如"看那月光，箭似的下旋"）。因而，王小妮的诗不属于苦心经营的类型，而是灵机闪现的产物。直接性的写法容易显得粗糙或简单，但王小妮却因对事物动态中的"时机"的把握，让这种直接性产生了微妙感：

> 生命的最后一幕
> 在一片素色里静静地彩排。
> 月光来到地板上
> 我的两只脚已经预先白了。
>
> （《月光白得很》）

这里的"预先"指向一个妙不可言的时刻，在此事物对即将到来的东西有一种预感和呼应。深刻的直觉就包含着这种预感式的、相互呼应或应和的部分，它使诗歌既直接，又精微。另一方面，王小妮诗作的直接性也与她采用的谈话式语气有关。我们读她时，总会感到她不是在"写"，而是在"说"，在和我们交谈。她的语气、语调和句式，都有明显的谈话特征。短句就是一种谈话的句式，它在王小妮的诗中俯拾皆是。短句让诗简洁、紧凑、干脆，避免了沉闷和烦冗，而自带一种亲切感。同时，这种谈话性还体现在许多诗句中的语气助词（"喂""哦""呀"等），口语化的形容词（"松沓沓""亮光光"等），以及一些口头表达的常用句式（"怎么""看那""好……"）中：

> 喂，你不觉得你躲在这儿好苍白？（《半片肉》）
>
> 喂，月亮，早听说你的威力……（《菠萝熟了》）
>
> 四周发灰哦松沓沓。（《自杀的鱼》）
>
> 乌云里藏着刀哦，想不害怕都不行。（《乌云密布压到了地》）
>
> 他走过的地上好白呀。（《在长春》）
>
> 偶然回头被它吓了一跳 / 怎么会有那么大。（《腾冲的月亮挨过来》）
>
> 月亮在那么细的同时，又那么亮 / 它是怎么做到的。（《去上课的路上》）
>
> 成片的树影子流着最稠的白眼泪 / 看那锋刃。（《流眼泪》）
>
> 看那月光，箭似的下旋。（《寻仇者》）
>
> 好苍白，飘浮在无比黑的天上……（《半片肉》）
>
> 有棱有角好坚韧。（《剥豆之夜》）
>
> 海面上激灵激灵的那条泥猛的白……（《过去多久了，这是》）

这些助词、形容词和句式的运用，使得诗的语言摆脱了书面表达的呆板和正经，进入到活生生的当下之中。王小妮特别擅长在诗中采用各种类型的谈话语气和语调：多数时候是讲故事或"说书"的语气（《砍羊》《渔排上》《面粉厂》），有时则是和人聊天的语气（《天亮前》），还有时是向人询问的语气（《绞刑》）或自言自语的嘀咕（《我的光》）。这些讲述方式，为每一首诗营造了一个有生命交流气息的氛围，仿佛诗人就坐在读者的面前，甚至贴着读者的耳朵说话。这是真正意义上的"口语诗"，它把语言带到谈话之中，而不是像今天许多"口语诗"那样热衷于制造段子，消解隐喻。很多所谓的"口语诗"其实是恶搞某些观念的观念诗，它们往往是单向度的（沉溺于幼稚粗暴的"口语至上"观念之中），欠缺谈话的具体氛围和生活的温热感。而王小妮却让口语诗作为"谈话诗"重新有了丰富的意味和向度，她不关心"消解"或"恶搞"，只想用诗来说一些亲切、生动、有趣的话。

一首与人谈话的诗，它试图把人带入的"活生生的当下"就是"现场"。现场是有具体可感性的情境，它对诗进行限定，将诗的经验和感受聚拢、集中到一个时空场景中。《短诗三十首》中几乎每首诗都有一个这样的现场，它们像是一些以"月亮"作为主要光源的"微型剧场"，让我们观看生活中由奇想发明出来的小戏剧、小故事和小场景。正如每一个剧场都包含着声音—氛围层面和视觉—光照层面那样，王小妮的诗也在这两个层面做足了功夫。前面所说的"谈话感"带来了一个声音化的现场；而"月光"之下的"目光"则形成了一个视觉现场，其中包含着许多观察性的细节。《甘南的山坡》可以作为"微型剧场"的一个例证。这首诗的开篇"茅草正忙着结穗，大地生了新头发／荒野上一层层银屑有光亮"是舞台布景，"银屑有光亮"是开始在打光了。然后，角色登场，在舞台上缓慢移动并被光依次照亮：

> 回家的绵羊走过这临时的晒银场。
> 月亮过来
> 摸它们的脊背
> 逐个儿变成一条条的白
> 逐个儿亮亮地过山坡。
> 晚上光秃的山川
> 被爬坡的羊脊梁装扮得真好看。
>
> 藏人护着煤油灯钻出银顶的毡帐
> 他朝正前方嘟囔什么
> 很久很久
> 把银场说成草场。

这首诗中出现了两个光源:"月亮"和"煤油灯"。"月亮"照耀着羊群和山川,它的光是辽阔、宏大的;而"煤油灯"仅仅照亮了"藏人"的脸庞,它用小小的光亮来与这位藏人眼前宏大的明亮场景对位。王小妮不动声色地将观看中的动态和层次展现出来:那道银光,先是逐个儿照着绵羊在山坡上的运动,照着绵羊的白和山川的白;然后,它又移到白色的毡帐顶上,照着拿煤油灯的人。月光和羊群的白色沉默,使得"草场"一词变成了"银场",而人的"嘟囔"又使它变回了"草场"。命名或说法的转换和回归,对应着光、事物和声音的运动,同时又是这一幕场景的剧情。

《短诗三十首》的语言活力的另一个体现,是其中频繁出现的比喻。从第一首诗《自杀的鱼》把"鱼"比作"有肉的桑叶"开始,到最后一首《面粉厂》将月光照亮的"街区"比作"面粉厂",每首诗中几乎都包含着一个核心比喻(有时还包含由此衍生的其他枝节比喻)。这些比喻大部分都是非常奇异和新鲜的,同时也不失准确性,很好地履行了"使事物如在目前"的职责。不过,它们更重要的特征却是比喻的高度情境化——她是根据诗中情境带来的直觉来寻找喻体,此种"随境生喻"的方式使得喻体朝各个方向辐射,极尽变化之可能,也使比喻以高度契合的方式嵌在诗的场景或"剧情"中。《绞刑》《刺秦夜》和《面粉厂》就是比喻之"情境化"和"剧情化"的典型例子。通过情境化,一个比喻就不只是刻意制造的孤立修辞,而是与诗的整体意图和推进方式直接相关的必要组成部分。它们不仅是准确和鲜活的,而且构成了诗的关节或关键细节。因此,《短诗三十首》虽然比较密集地使用了比喻修辞,却毫无学院诗歌中该手法常见的学究气。

正如人们所知,比喻是想象力的产物。而比喻的情境化,则植根于某种特殊类型的想象力。我把《短诗三十首》中显示的想象力类型,称为"日常想象力"——这里的"日常"并非指其"普通"或"普遍",而是指这种想象力的出发点是日常情境中当下发生的直觉,并且它将每一种联想(或比喻)都最终编织到具有完整性的日常剧情之中,使之成为人们可以理解的东西。从"日常想象力"中诞生的比喻可能是非常奇异的,但它并不晦涩,因为它有一个合乎日常情理的上下文语境。《面粉厂》的想象,从"月亮把街区变成了面粉厂"开始,继而想到"店铺都是卖面人的橱窗",然后想到"贮藏的季节"和"芦茅连天,晃着白了顶的头",最后是"面粉厂倒闭"和暗处显出的"挨饿的疤痕",这一连串对街道和夜晚的想象,全都处在可理解的日常生活逻辑之中。"日常想象力"的另一特点，是它既自由又真切：自由在于，这想象从事物与人的多种可能的关联出发，有着极为多样的发散或伸展向度（钱锺书称之为"喻之多边"）；真切在于，这想象携带着人在情境中的饱满生命感受，同时并不超出日常情感或情绪的范围（例如，在《在长春》《绞刑》《过去多久了，这是》等诗中，想象力仍然关涉着爱、记忆和恐惧等基本情感）。这是忠实于日常经验的想象，其目的是为了保持人与事物相遭遇时的初始经验，为了提升生命和精神的敏感性。语言的活力，最终来说就起源于这种初始经验的真切性和生命本身的敏感性。在不少段落中，王小妮试图逼近这种初始经验，使之仿佛正在我们眼前发生：

> 蚕豆在手里，没一点温度
> 顽强的不肯软掉的一大颗
> 有棱有角好坚韧。
> 渐渐，谁也看不见谁了。
> 月亮正在生长，光芒鼓起
> 绷紧的豆皮紧跟着透亮
> 绿眼珠够尖锐。
> 提这小半袋夜明珠
> 走在回家路上
> 衣裳发了白。

（《剥豆之夜》）

正是在想象力的光照下，事物和事物、事物和人之间才发生了相似和混同。"月亮""蚕豆"和"眼珠"彼此互为喻体。这首《剥豆之夜》终结于在微明中"回家"的图景——想象总是返回到日常生活的伦理之中。当诗人把小半袋"蚕豆"感受为"夜明珠"时，这里当然出现了某种神话性质的东西：在想象力的运作中，日常经验的确可以局部地被转换为"神话"。在《短诗三十首》中，正如在《我看见大风雪》《十枝水莲》等诗作中那样，"神话"以某种方式从诗中升腾而起，像一股被轻烟包裹的光——但这始终是不离日常、萦绕在地面不远处的神话，是微观的、局部情境中生成的"小神话"。它并没有使世界整个儿复魅或笼罩上一层魔法式的光晕，毋宁说，它将一些可见、可信的微光打在生活的某些瞬间，使之重获新鲜的真切。

2019 年 3 月于昆明

津渡的诗

/ 津渡

津渡，本名周启航，20 世纪 70 年代出生，湖北天门人，著有诗集《山隅集》《穿过沼泽地》《湖山里》，散文集《鸟的光阴》《植物缘》，童诗集《大象花园》等，现居上海。

山居十八章

阵雨

使一条小河饱涨的激情，转瞬
失去了。乌鸦从林中飞出，清脆地鸣叫
一天之中的一个时辰，仍旧竖在高高的桅杆上
我在窗前擦拭书卷上的湿气，消失的东西重新回到眼前
行人走出山径，渔夫们跑到了船舷上
整座山林，树枝与叶片尽力张开，弹回原来的样子

五月

一年之中最美好的时节
我完全是另外一个人。我隔着窗纱
看阶前的花落，小动物们
在林间的小径上出没。我养蚕，写作
给远方的朋友去信，怀念死者。
偶尔晚上出门
我在石头上枯坐，倾听大海朗诵
不可知的喜悦在胸中回落

山月

落在石隙中的月光，落在锁孔里的眼珠
房舍，像是蛋糕上镶嵌的水果
但是这些都只是一刹那间的幻影。一座座山，缓缓地撕裂
张开大口，对着夜空喘息

夜风中，星星闪烁其词，我暂且忘记了言语与诗行

山居

白天，那些云去留无意
来了，离我远了又远。群山
沉醉于湖水松碎的镜子，暗影里透露出晃动的惊疑
与酸甜的欣喜。半夜里
松枝来敲打窗户，我起身推开，风灌满我的睡衣
我想到此时，榻上的人们在山谷里睡熟

枇杷

怀着怎样的心愿？午后，一个农夫
在她脚下小心地松土浇水，在她小小的肋骨上
系上红丝带……
但是，这枇杷园里最小的一棵
一树绿色的乳头，青哀哀地要让我伤心
她的将要埋葬在篮子里的年月，市场，低贱的吆喝声
还是要让我伤心

木门

雨停后，绿苔更加清新
小鸡们像网球一样滚动，在门口的斜坡上争食
我回到小屋，给杯子里加满净水
一杆猎枪挂在墙上，坦然面对山羊头骨的逼视
这是风，偏安于美好与仇恨之间
这是两重摇摆不定的心境，是我，是那扇不断开合的木门

梦境

盘子里的橡皮鱼瞪圆了眼睛
它的牙齿咬紧了一截铅笔。要多长的时间
才能把一匹布变成流水，当这些颜料从画布上脱落
一个白日梦患者，总是不愿对着生活临摹
一想到过去，马匹就跑满房间和桌子，而当我回过神来
看到的都是灰尘。一个人待久了
难免遇到自己的替身和尸首，白昼如同一个巨大的圆
在灯下，我又拍死了一只小小的鷦鷯虫

黄昏

这是虫子们鸣叫的时刻
远处的采石场，工人们，锤子对着钢钎的敲打
稀疏下来。高大的榉树，枝条搂着杜英
黑暗即将到来，我开始担心书中，女主人公凄苦的命运
我的女儿采摘桑叶回来，竹篾编织的笼子里
提来一个活物

山谷

每当山风吹来，炊烟歪向一边
那些淡下去的轮廓，就像墨水，无声地洇化在水池里
村庄坐在那里，像个上了年纪的老人一样思索
群鸟不知疲倦，在一条狭长的带子上
追逐蜂群。我放下手中的画笔，捏紧口袋里的硬币
猜测正面与反面。山谷从未为我们所动
即便妇女们从土地上搬走成捆的菜籽，溪流又淙淙

黎明

那时候，远山和云翳混淆一谈
红日初升，淡淡的轮廓从海潮中苏醒
来了一位客人，在木屋的后窗上莽撞地扑打
又从屋后的山林里逃走。我认得那是只锦鸡，穿戴前朝的衣冠
我的伙计，一只炊壶，忍不住在黎明中吼叫

禅院

被禅院四壁锁住的一方天，仍然有流云划过
飞鸟无心，在井里落下影子
出入山门者无数
一串念珠在老和尚的指头上捻了过来，又捻了过去
耳门之外，下山的台阶那么长
上山的台阶那么长

山隅

小雨初停，云气从岩石鳞隙中升起。隔着雾障
滴水的石壁被日光映红，灵芝与山茶
如同点亮两盏白日的美梦。一茬茬光阴与流水
在山峪中冷落人事，高处是流云
低处是我脚下，虫尸、腐烂的草叶与祖母绿一样的青苔

断崖

向晚，云朵与落日推下断崖
我盘腿坐下，不为衣襟上的落花所动。荒山之上
猛虎与道士不曾到来。一日长于一生
鹰窠顶上，松盖相倾，暗影遮过我的心房
更远处，大海沸腾，洪波暗涌，天地相接而含于一线

钟声

无羽之箭，从此岸到彼岸。湖面上
摆满了弓，弓弦。
每一次震颤，树影都会痛苦地
弹回枝条的形状
每一次震颤，都会使我的心更加扭曲

青鱼

木屋、林木、山峰，落在湖中是诸神的影像
落在杯中的不都是泪滴。一个去湖心的打鱼人
不意成就遁世的念想，做了龙王的朝臣
在卧虹桥下，衣角成鳍，落在身上的梅花竟化为镜面下的鳞甲
夜深人静，他跳上岸来，借助清风化为人形
他嗅了嗅湖岸上，一双鞋子里的脚气

山鬼

实际上我离天空这样近，星星落满我的面颊
我离幻象这样近，群鱼翻腾，争相叼弄我的胡须
虫豸，蛙咬我的骨殖。但我内心欣悦
坐在山风必经之地，木叶即如暗夜里的肉体脱落生长
是可生可弃。她是否坐骑花豹
手拿一枝塑料花朵，低声叫唤，掳我到幽僻之地

空谷

四处空无一人，石子抚慰流水的心思
泡桐枝上，青蛇像根解散的绳子
而蜘蛛，一个孤独的攀岩汉，在岩壁上已经挂好吊床
你怀揣家书，想着山外，飞鸟一直飞过了城郭

你要那些书本干什么，你要那些喂好毒药的箭头干什么

松风

席卷过高冈，那些松树像坐在波浪之巅
摇桨的人。我黯然穿过石洞，忍受背心透骨的冰凉
三十三岁了，我早已倦于人世
每每被自己的足音惊醒。万事万物都不免遭受左右
世界空阔辽远，又如此造化，全然秉承聚沙成塔的本事
但一切，只有风过才能平息

近作十首

凉亭桥

梦中，上升得很快
我从云层里丢下了衣裳
欢娱过后
雨把枝上的梨花悉数打碎

醒来后，发现醉卧在袍子里
既没有姓氏，也没有名字
古老的拱桥上
风火轮转得飞快

亭子，亭子也不是我的
它有底座，有顶盖
四壁，是风做的墙，四条腿
永远奔走在石础之上

但是每个人都回到了自身
假山，池塘，或是一根桑条
只有一只摇摇摆摆的小鹅是我的
心里明亮的事物

塔尔寺晚眺

无边无际的夜空
传送风，向亘古的宇宙边缘传送

伟大的无形。
如信仰之白塔
人类，幼小的灵魂
在岁月的胎息中
静修，亦不能完善自己。

整夜，星星们在山头上徒劳
修补永恒的经卷
砸下一颗又一颗铁钉。
人之所以孤独
在于蒙昧之心，在腐烂之躯里生长
于尘埃中聚合
上升，消逝于微小之物。

清晨

繁星流泻未尽
山峦与无限的葱茏，已经就着曙色书写
宇宙在某一时刻创造的圣迹
被我的眼睛重新创造

这溪水，鸟鸣，苍蝇薄翅上掸去的露水
崖壁间苔痕的绿火，浮漾的微风
初生的叶芽在清晨缝合的寂静
丰富得令人惊讶，但不承担任何意义

四十三年过去了
我仍然会为生命的馈赠激动莫名
就像一朵云偶然停经山谷
千百枝木香花头攒动，颤抖着回应

小风景
——与芦苇岸、雨来、闫云龙饮后作

天一阴，就会关节痛
总有几团树阴
清洁工也无法扫除干净。
一个国家在里面低垂
仍然没有睡醒。

而国王，在溢出的
啤酒花里出现
顶着冲完浪的厨师帽。
夏天的洒水车，盲目乐观
把水箱拖出了城区。

骑鲸的人云游回来
悬浮在低空。
他和跳房子的小姑娘
隔着景观墙相遇。
未来的不可知，各持一端。

在小镇上消磨光阴，读书
带隐疾的一生
需要经常吃药，学会宽容。
喝完酒，有人会拾起
掉在脚下的无花果，匆匆还家。

放生桥

月亮像一尾小白豚
酣睡在水里
它也许会滑入

桥，和桥的倒影的
圆孔之间

石头罅隙里
灌木掉完叶子
剩下的光杆，熠熠生辉
仿佛指尖
还残存着白昼的光热

我走在桥背上
听见了风声
两岸，屋瓦也开始滑行
神秘的灰色滑行
我的心脏是一座小庙

黄昏的绘像

这是我和你无法交换的，陡峭的黄昏。
狂暴的云杉，对沉默的七叶树
雄辩的黄昏。乌云的怒马，颠簸在险峻的栈道
暴雨将至的黄昏。大脚在雷霆中走动
闪电捆缚江水的黄昏。一个暖暖地叹着气
剧情急转，描画着眉毛，埋怨笼中的画眉鸟
聒噪的黄昏。一个，绸衫中
收起太极骨架和魅影重重的黄昏。屠宰场的工人们
排队，去洗手池边的黄昏。
军警们吹响集合的哨子，妓女们掌灯
新生的婴儿带着血污出场的黄昏。芦苇摧折胸骨
老妇人将死的黄昏，蛎鹬的长锄
敲击亡魂的黄昏。
这是我抛弃了两千多年的道德与仁义，抱着江水吞没的石凳
从水底、从出海口走上沙滩，执意用沙子

建造佛塔的黄昏，消弭于海水
巨大的手掌，顷刻间翻覆于无形的黄昏。

快雪时晴帖

庭院深深，我们在雪泥上寻觅
爪痕的信息。
面容古淡的鹡鸰，微醺的
酒红朱雀，和背对着纸片儿似的月亮
胸脯上
墨痕淋漓的猫头鹰，
站上了松枝。

条石代替了镇纸，亭子
代替了井盖
花雕的坛子已在雪地一角钤印。
几点寒鸦的墨团，偶然
受惊的椋鸟
与我们交谈远山的秘密。

鹅，突然哗笑着的鹅
从一个昏聩的午睡中醒来
脖子与喙拉直
短小的腿，在枝干虬曲的老梅下一字叉开。

亭林公园

——诗呈臧北、高焱、江浩，兼寄米丁、育邦、苏野、雨来

十年过去了
我们饮流的时间业已入海
这里仍旧是书院、曲苑、盆植和玲珑玉石
酒客埋葬形骸的园子

万里江山，运河只有那么一小段唱词
琼花，历年春天
都会给帝国制造出相似的暴雪
又有多少深心，修得如并蒂莲出水结缡

每一次小聚，各自从枯寂的空洞中
暂且起身，小小的酒杯
竟然沿着山脚，端起整座城市阴沉的轮廓
黑暗中的荒芜

灯影酒浆中的旧日卷轴，刘过已老
顾亭林千古
真山犹似假山，而我们的面目愈发模糊
只有大吴风草披发仗剑，乱入石径

鸬鹚的歌声

十一月飞临南方的黑鸟
沼泽地里的白杨才是它们的家
我整天趴在土堆后观察
等待它们，吃饱后
竖起脖子唱歌
那个时刻，嗉囊里，涌动水
或者某种悒郁的东西
哦，灰白的，不
在水底，应该是暗黑的
像死去了很久的
人的脸
十一月的水面下
我没有看到鱼，只有
静静沉睡的树叶

像死者的一张张名片
当它们像鱼雷发射
冲向水底
我能想象那种饕餮
那使我喉头一阵发紧
使我胃里的血液猛地下沉
而在盛宴之后
它们在我昏沉的大脑里唱歌
在阴沉的云底下
唱歌，所有的鸬鹚
整个沼泽地，树枝上的鸬鹚
一起笨拙地摇晃
它们被自己的歌声唤醒

马腰岛

我向往那岛。

是这样的，几个月前
我和雨来同学刚刚去过。
那里有一座岛
像马腰，像一座岛。
那里，是一些树的监狱
和鸟的驿站，云朵有时会模仿它
在我们头上做出鬼脸
吓唬我们，而沙地很友好
对海潮的到来从不生气。

我在那里看到了一些大鸟，小小的
天青色的鸟卵。
还有蛇，肚子里也放着鸟卵
腹部鼓胀，像结成疙瘩的自行车链条。

很多树，长得很高
也有矮的，那是灌木
伏在地上的马鞭草和血蓟。
雨来还扯下一根
咬在嘴里，谁知道他有那癖好
总之，是快乐的草儿。

有一些鱼，在岛的周围游来游去
好像岛就是妈妈
这辈子它们也不会知道
什么是疲倦。
还有山羊，在礁石上蹦跳
你知道蹄子捣击的声音吗
像极了坚硬的雪球
在玻璃框上摔碎。
还有什么，我已经快要忘记那些事儿了
我只是知道有座岛
它们就是震碎了这个世界也没有什么。

我抽烟的时候，吐出烟雾
就看到了岛的轮廓。
我散步时竟然听到了十
到十五海里之外，几十片海浪的叫声
像巨大的，透明的翅膀倾轧。
鸟的翅膀柔和地扇着
空气软绵绵地
卷成了好多鲜嫩的牛肉卷。
也有安静的时候
浮标铃在海水里浮漾
在风中悠扬。
而果子，接二连三"噼啪"地掉下来
一路滚下了山径。

我在早晨的盘子里，鸡蛋饼上
看到了那岛。
我在办公室里修订文件
从笔管里闻到了海水湛蓝的味道。
我的衬衣领上
好像是混合了蝶粉、碎树叶和草渣
阳光熨平了，新鲜得不得了。
但是，每个在我面前走来走去的人
都给我带来了岛的气息
陈旧的、被压扁了的
皱巴巴的气息。

我怀疑我的指甲是块碎
贝壳，我觉得我的办公室是摇
晃的船。我向往那岛
觉得它就装在我的口袋里
我可以随时，掏出来
馈赠给所有熟识的朋友。
而船长，把一根咸湿的缆绳
拧成了我的记忆
有多长呢，大概绕岛一圈。
解开来要多久呢
真的像自由的时间那么短暂。

我向往那岛。

瞧，那个赏花沽酒的人
——津渡诗歌读札

/ 育邦

我曾为津渡戏作一首诗，在某些方面描摹了他的气息。

> 我骑马，从山谷出来
> 哒哒而行
>
> 葫芦挂在院中
> 牵牛化戴在你的头上
>
> 我带走一片白云
> 暴风雨留给你
>
> 蚂蚁们还在森林里
> 玩着打木片游戏
>
> 当我看到海的大肚皮
> 孩子，我就抵达目的地
>
> 你能想到所有可笑的事

都发生在这个胖叔叔身上

我们坐在草地上划拳喝酒
就像我和你在家里玩躲猫猫的游戏

——育邦《无题——给津渡》

当蚂蚁们还在玩打木片游戏之时，诗人正经历着生活的疾风暴雨，间或他也会神闲气定地哼着小曲，把牵牛花儿插在头上。也许，这就是诗人存在的真相：复杂与简单，沉重与轻逸，运动与静谧……交叉在他身上呈现，而诗歌又是诗人存在的秘密显影。我们通过阅读诗人的作品，将抵达更多的津渡，抵达更多的人与世界的奥秘。

津渡是"横穿农田"和山地、带着好奇走向我们的诗人。他是直观感性的，也是迂回曲折的。引经据典、考镜源流不是他，六经注我、我自成峰才是他。从他的诗歌里，我们轻而易举地知晓：生命、书籍、知识的有限性永远无法限制大自然与想象力的无限性。

他涉世甚深，却童心未泯，耽于幻想。他是那个头顶木船的人，行走在人世的欢愉与囹圄之中，他昂首阔步，在我看来又是艰难跋涉，即便在很多时候，看起来，他健步如飞……隔着一条河，你能听到他爽朗的笑声，带着他的汗液与气味，展开翅膀，低空飞翔。儿童是我们生命中最具想象力和创造力的时区。当我们长大成人，成长为自己都讨厌的成年人时，我们毫无意外地成为现世主义者，要负起责任，同时要求我们放弃想象力，过早地加入学习死亡必修课的过程中……出于某种本能，津渡天生对抗并蔑视这一法则。他写下了一系列童诗，这是上帝给予他不时重返纯真未凿的静止时刻的最大奖赏。从其庞大的身躯望去，真乃大象之舞也。那些童诗——《你好，兔八哥》《维修外星人》《另一只袜子哪里去了？》《魔术师的纸条大家一起拉》《来自葡萄牙的谎言只讲给孩子们听》等等，天真烂漫，光芒四射，如同布满凡尘的空间绽开清澈笑脸的星辰，惹人怜爱！如《小王子》中言："星星发亮是为了让每一个人有一天都能找到属于自己的星星。"他写下这些童诗，正是在寻找属于他自己的星星。

他有过多的激情与精力需要消耗。哦，他的体内似乎蕴藏着无限的时光和能量……有一次，我们聊天至凌晨两点，我已昏昏睡去，他回家后五点多即刻起床，开始写诗，早晨七点钟的时候，他就给我念他新写的诗作——《蚯蚓穿过河床的底部》："一些灵魂正在死去／背对流水，蚌壳在淤泥中孕育珍珠般的眼泪。"多么鲜明，多么动人啊！

他活色生香，一直身处充满悖论的生存现场。有时候，我无法理解他，为什么他总是欠这个世界与其中的人们太多？总有一些亟须填充的友情清单，一些亟须支付的道义账单……同时，他总觉得自己是个精神上债务缠身的人，一旦发现精神领域的空缺甚至虚空之后，他会毫不犹豫地停下手中其他的活计，匆忙而又悠闲地坐回到他的写字台前，重新成为秘密王国里的微小国王，只有写诗些许减轻了他的负债感。他在生命散乱的湍流中提取生活的要义，他那特有的美学从被束缚的细微事物间奔涌而出，他把花朵带给萧瑟的冬季。

他有一个强健的体魄，一个擅长分解酒精的胃。也许，他是鲁达转世。他的本色行当该是放浪形骸、酒肉穿肠过、仗剑走天涯的鲁提辖。他擅饮。酒中有真意，欲辨已忘言，可是酒并不能浇灭他心中的块垒，他说，"我能在酒盅里同时找到水与火"，命运驱使他永远无法安静地在南山之麓种下一亩豆苗。有形或无形的秩序规劝着他，沉默或喧嚣的道德堤岸防范着他。他空有徒手耍斧的技艺，运斤如风不逾矩，却只能劈向虚无的天空。在与酒精的搏斗中，一个津渡迎来另一个津渡，一个津渡又送走另一个津渡。在山隅之间，静谧的灵魂洁净舒展，如同鸟儿一样，与山川草木对视、交谈……若干年前，我曾经为他的《鸟的光阴》写下一段读后感：我相信津渡的前世或者来生必定是一只鸟，因为我和约翰·巴勒斯一样相信，鸟儿是诗人的原型和导师。诗意栖居的地方不仅有坚实的大地，还有辽远的天空。诗人振翅高飞，鸟儿迎风歌唱……是的，在鸟的光阴里，他梳理着自己的羽翼。

假如湖山海天、鸟兽草木是诗的话，津渡是文，那么他们之间就是一种对位，一种心灵上的和鸣，是高山流水的应和……嘤其鸣矣，求其友声。与津渡嘤鸣相和的是南北湖的一次日落，是池鹭的一个白眼，是石斛开花的声音……或多或少，他也许是尼采笔下的水蛭专家——这个世界客观冷静的观察者。他是鸟类与植物的观察家，他是鸟儿们的挚友，他随时聆听晦暗植物的苏醒。他是一个缄默的搬运工，把另一个世界轻轻位移到我们的眼前。

他自觉地隐退到冰区和山峰，探测并导引出地底的流泉。我无法确定他是何种类型的山水诗人，但他的《山居十八章》还是让我有意无意地想起王摩诘的《辋川集》（二十首）。在山里，诗人"完全是另外一个人"，他在"石头上枯坐，倾听大海朗诵"，他偏安于"美好与仇恨之间"，物我两忘，"忘记了言语与诗行"。在"那扇不断开合的木门"内外，即是诗人安心之乡，他像寒山和尚或者弗罗斯特，探寻着世界寂静的奥秘，"我放下手中的画笔，捏紧口袋里的硬币 / 猜测正面与反面"。在那特定的时刻，诗人享受着美好宁静的生活，令人向往。

在穿越沼泽地之时，那匍匐在大地海岬边的壮汉，他那豁达的心脏正与阔大的天地一起搏动。日暮人已远，悠然天地间。他热爱喧嚣，却走向孤独。毋宁说，他天性孤独，却又试图打破他周围世界的沉寂。"哦，孤独的王子，一个国家在它的背上 / 已成为一个忧郁的包裹"（《蜗牛》），喧嚣属于世界，而孤独属于他自己。有时候，他悲凉地感受着自己的存在："谈到了心中的灰烬：那双倍发烫的 / 悲哀"（《先人》）。

他是个天然而成的诗人，他写下浑然天成的诗歌。他是一个没有严谨哲学体系和知识谱系的写作者，尽管他有自己的半疯堂、杂货铺或者咸鱼铺子，那里有的是"无知"与"天真"，有的是驳杂浩瀚的生活……似乎他不需要经历语言和技艺的繁复磨砺与锤炼，就可以抵达挥洒自如、清净自性之境。他是一位顿悟者，一个感知大自然的禅师。他的诗学直面自身，且在本质中呈现自身。勒内·夏尔言："诗人不会为死亡丑陋的寂灭而动怒，却信任它那非同寻常的碰触，将万物转化为绵长的羊绒。"他穿越疲惫与尘埃，在风卷残云、烟雨雾霾中夺取诗篇的燧石，成为一位时光的歌唱者，一位季节与梦境的摆渡人。

我们在黄昏暗昧的轮廓里认出诗人，他站在海天交汇的滩涂上，为海浪、苍鹭、白云和海豚所簇拥。他露出海一样的大肚皮，咯咯发笑。

（注：文中所引用未注明出处的诗句均为津渡的诗。）

2019 年 1 月 2 日

诗歌是一门手艺

/ 尚仲敏

深夜

一个人在深夜
突然会想起另一个人
想起他的一句话
一个微笑，或另有深意
想起那年在一起，喝过的酒
唱过的歌，歌声引来了野狗和警察
在深夜，你会想起你的女人
此刻已深深睡去
而你在外地，点上一支烟
却又把它掐掉
你如此烦躁又坦然一笑
你到底是在想她，还是
想起了往事
你感到一个人再浩瀚
在深夜，也大不过
一只飞来飞去的小虫

春天

春天写在了每个人的脸上

就算长得不美

就算老态龙钟

就算刚发了脾气

那又怎样呢

春天终于来了

你看满树的花朵

在阳光下列队走过的少女

春天使她们增色不少

在这样和煦的风里

你肯定在想

随便领一个人回家

都不会差到哪里

一声不吭

在一个小书店

我看了一会儿诗选集

里面的诗人

基本上都是

我喜欢的

但看着看着

还是有点累

就顺手翻开

一本《读者》杂志

读中学时

我曾经订阅过

每次杂志一到

我总是迫不及待

先翻到

"漫画与幽默"栏目

这是否说明

我一开始就是一个

有趣的人

我的知识

主要来源于

一份叫《读者》的杂志

想到这里

我不禁有些后怕

难怪一本

很好的诗选集

我读起来

居然有些吃力

所以，每当朋友们聚会

大家都在高谈阔论

我往往只能

一声不吭

一个人，这些年

一个人还能够写诗

在大清早

说明两点

一是他还活着

二是不但活着

心情还不错

这些年

他隐藏了一些锋芒

习惯与人为善

就像在诗中

刻意表现质朴

老实的一面

对，为什么那么多人
写不好诗
就是不懂得
隐瞒自己的才气
总显得与众不同
总要语出惊人
吓死个仙人板板

能否回到写信的年代

遍布街头的
绿色邮筒
小卖部随处可以
买到的信封和邮票
没有手机、微信
也没有视频
结识一个人
（过去看机缘
现在看面相）
先从地址开始
一本信笺
钢笔灌满墨水
黑色或蓝色
（我偏爱蓝色）
打开台灯
坐在藤椅上
泡一杯花茶
点一支烟
笔尖沙沙作响：
"亲爱的
夜已经深了
要是你没有

收到我的信
就站在大门口
听远处的
汽笛声……"
字迹有时工整
有时潦草
唉，一切都晚了
手机毁掉了
一个时代的爱情
就像现在
你已写好了
一封信
却不知道
该寄给谁

诗歌是一门手艺

一个女孩和我谈起
天气、美元、玫瑰花、远程导弹
谈起匆匆而过的春季
以及暮春暖阳下的忧伤
她说，宋江为什么
只反贪官，不反皇帝
她说，有人靠诗歌得到
烟、酒、海鲜、火锅
最后，她一脸懵懂地问我
那么，敏哥，诗歌又是什么
我说，诗歌是一门手艺
传男不传女

五月

进入五月
形势变得明朗
先做一个不抽烟的人
喝酒要看场合
古人说得好：
美人在侧，岂容时光虚度
五月是个小月
人会变得很急
朋友们各怀天下
八方游走
有人云端纵酒，懒得作诗
也有人一脸坏笑
去向不明

雨中的陌生人

雨天总让你心动
特别是深夜，雨落在树叶上
落在一个孤单行走的人
的雨披上
那个人是谁啊
在窗口你是看不清的
他为什么这么晚了
还一个人走在雨中
"星座不合是个大问题"
你似乎帮他找到了答案
但是雨，可能一直要下到天亮

我要跨上骏马

我要跨上骏马
真的，我跨上骏马后
你骑电动自行车
怎么追？
宝贝，我真的要跨上骏马了
日行千里，或夜宿万州
你只能眼泪汪汪
我为什么不带上你？
因为我的马背上
坐两个人太挤

驳斥

网上说
喝剩的啤酒
可以浇花
这不胡说八道吗？
完全没有科学依据：
酒能剩下吗？

做人

如何做一个烟酒不沾之人
如何做一个谦谦君子
先生，我已恭候多时
你来的时候
西风正起

你那随从，皮肤白净，垂手而立
如何做一个饮茶之人

做一个爱运动之人
美人迟暮，大姐成群结队
鱼贯而入
如何做一个坐怀不乱之人
饮酒而又能不醉
先生读万古书
飞檐走壁，大盗天下
如何做一个玉树临风之人
做一个身轻如燕之人
先生，你接着说
我洗耳恭听

午后

午后，在眉山
苏东坡的家门口
一杯清茶
使阴冷的冬季
有了一些暖意

我早已不再随大流，凑热闹
繁华褪去，世事沉寂
东坡兄，在眉山一带
也只有我才敢
在你面前写诗

写完这首诗
我将谋划更远的行程
无论是南下苏杭
还是北上泰山
我都将开始
一个人的旅行

在人人都会写诗的古代
东坡，你的志向是做大官、救天下
而我，只是一心想着
怎样才能
把这首诗写好

我们还是分手的好

我们曾经一起坐在那里
看屈原的诗
怎样把满河弄得全是泪水
这时我们就想
我们恐怕离不开这河了
往后便是冬天的日子
是大雪飞扬的日子
我们说过的那些话
连同那条河
都结上了一层薄薄的冰
这时候我们就想
恐怕春季快要来了

春季还没有来临
我们的眼睛
却结上了一层薄薄的冰
这时我们就想
我们恐怕等不到这一天了
我们还是分手的好

门

门，靠着墙

直通通站着
墙不动
它动
墙不说话
但它
就是墙的嘴

有人进去，它一声尖叫
有人打这儿
出去，它同样
一声尖叫

但它的牙齿
不在它的嘴里

它不想离开墙
它离不开墙
它压根就
死死地贴着墙

今夜

今夜，你若在天涯
我必在海角

今夜，你若仰望天空
我必细数繁星点点

今夜，大海波澜不惊
城市灯火通明

今夜，我若心事重重

你必寂寞无声

今夜，你若牧羊归来
我定策马奔腾

今夜，当你蹚过山间小溪
我必在故乡的田头驻足远望

今夜，你若在倾听
我必在欢唱

今夜，你若在痛饮
我必千杯不醉

今夜，你若行走江湖
我必除暴安良

今夜，你若安好
我必美梦

今夜，世界越来越小
回家的路越来越长

清明节快乐

隔着一个墓碑
我已不再哀伤
我有比哀伤更深的绝望
兄弟，生命不值一提
成功也显得好笑
你生前小心翼翼
从不给别人添任何麻烦

你甚至不知道这个世界

到底是怎么回事

大年初一，酒后

在睡梦中离去

就算我算遍天下事

我也算不到

你会以这样的方式让我崩溃

都过去了，亲人越来越少

你短短的一生不曾有过敌人

那就让我面对这个墓碑以外的世界

让我忘掉哀伤和绝望

让我以一贯的幽默对你说

清明节快乐

故乡

别动不动就说

什么乡愁

你其实连故乡都没有

说好的缕缕炊烟呢

鸡鸣狗吠、牛羊满山坡

一阵狂风暴雨过后

说好的在村头

浑水摸鱼的童年呢

房子越搬越大

但别动不动

就说什么爱情

那个骑着二八自行车

在后座搭着你

被协警罚款的青年

早已杳无音讯

消失在茫茫人海

暮春

暮春，她挨着
一朵花坐下
她的风水写在了脸上
她不停地说起冬天
说起一件小事
说起那一场风花雪月

我想到了世事无常
风水改变了
多少人的一生
我的内心
已经轻得
装不下她旁边的
一朵小花

父亲

自从父亲去世
我就几乎再也不看微信
我的朋友圈
有一些丑恶的朋友
当年我们一起打天下的时候
遇到危险
我总是说
你丑你先撤
我掩护
现在，我的父亲去世了
我再也不能像过去那样骄傲
我知道，你们很丑

因为我没有了父亲
你们随便怎么说我都行

千钧一发

热，这是你说的
第一句话
你还说
这是一个
千钧一发的
下午
当你用到
千钧一发这个词
你有点不好意思

人一生有多少
炎热的、焦躁的
不可一世的下午
"过去不值一提"
你从街的对面走来
脚步声却回响在
昨天晚上的酒中

太热了
这个下午
你看起来要做出
一个决定
其实你只是
用千钧一发
来形容此刻的
炎热和盛大

迎接

大幕已经拉开，亲爱的
快乐总是很短
我在街的对面
像一个羞于抒情的
抒情诗人
我在迎接什么
在这个寂静的午后
诗和远方
我能够给予你的
和这里的寂静相比
就是寂静本身

（选自《诗潮》2019 年 1 月号）

故乡，故乡

/ 白玛

写一首诗

写一首诗给传说中的海妖和她颈间的花环

再写一首给贫穷的木匠和他做针线活的哑巴女人

再写一首给孩子的伙伴大灰狼和狒狒

写一首给丛生的杂草和灌木，给柿子树和榆树

如果我活得更久，就写一首诗向某个人示爱

再写一首请求某人原谅

如果我总是迷路、哭泣、发呆和怀旧

那我就不写啦。只想在欢笑和快乐的时候写一首诗

给稍纵即逝的美，给向着土地鞠躬的身体

写一首给燕子，艳羡它那精心裁剪的晚礼服

写一首给乡下的水牛和放牛老汉

如果我目光不再短浅

就会写一首给激动不已的火车，写一首给出海的水手

必要时我会写一写我的少年

幸福和痛苦穿插其中；我想写一首给众多早逝的人

他们在天上飞来飞去，能否收到我的诗？

他们在天堂里吹着口哨奔跑，含着泪互相拥抱

我想写一首诗说说生命和死亡，还有那捉摸不定的爱情

马贩子之歌

他不被名词和象声词拉拢
他终日辛劳却算不上动词
粮食，马匹，了了的盘缠，离乡——与这些
词为伍却不是诗人
他只是衣衫单薄的马贩子
在尘土飞扬的来路上大声唏嘘
"我不该哭，命运对谁都无情"，他跺脚
吐口水，却不曾埋怨上帝
他把自己当成蚂蚁的亲戚、树的亲戚、牲口的亲戚
"等天黑，打二两水酒"，他有幸
遇见传说中的客栈，黢黑脸上重现笑意

其实不是文体里可疑的叙事和说明
没有人能懂得别人心事
打着灯笼难找到字里行间的语言惯犯：一旦
杜撰开了头，就像洪水挡不住

粗大的手指关节、小腿的伤疤、心无数次
被疼痛敲击——他是身份不明的马贩子却行动
迟缓。他必定和我们有关：和我们的
亲爹、舅父、模糊的仇人、暧昧亲眷——有着关联
"什么时候能舒心？哼着小调，种豆得瓜？"
他像缺牙的马一样咧开嘴笑
粗糙的人也有一颗柔软的心啊

打个呵欠就是现在进行时
而收拾麻绳则充满过去时的危险。他不是休止符
是小人物马贩子。沉默的时候他是雕塑模型

走路的时候他是无词书
翻到关于苦涩、疼痛和幸福那一页

我的珠宝店

在海滨小镇，第九道街转弯处
门帘掀起，我和我的珠宝店
静止在不一样的光线里
适值阴天，如果你走近
从海滨浴场徒步而来
看看我的珠宝店。风声又起
大海唱起老掉牙的破情歌
听我一一数落。仿佛一段呓语
先不管夜晚会发生什么

夜晚会淹没我的珠宝店
我和你，各怀心事，像一对旧友
你有看不见的旅途而我
生就一双寒冷的眼，蓝宝石一般
先藏起那些精心盘算，也不管
这个夜晚到底会发生什么

玛瑙是我忠诚的随从
珊瑚是他们的异姓姐姐
红得像伤口，男人酒后的眼睛
在冬天一样给人温暖
谎言中的谎言，被玛瑙戳穿
它是坚硬的，性格与我相似
四处留下划痕而自身掩藏那些血迹
只有它能够装点一个节日
只有它留在贴身处，我的单人房间
被宠，被信任，身价如此低廉

整个黄昏被翡翠占有，飞鸟掠过的
大好时辰
邻居在磨刀，二小子经历失败的约会
我，珠宝店的忧郁的老板娘
整个黄昏心神不安。夏季到来之前
和这些翡翠肌肤相亲

离开小镇就带上一只翡翠吧
终日躺在我的手掌心，余温未尽
它可以避邪，在看不见的祈祷里
能够充当一句咒语
其实备受怜爱，其实含着冤
乳名叫"玉"，我仔细端详
它有一千张脸却只有一面
呈现在你的眼前

如果你爱上我，就会爱上绿松石戒指
就会洞察所有的心事
"它从西藏来"，我几乎动心
"它会把黑夜一一照亮"，我接近失语
不像你的影子，在小镇
你远行之前的短暂恋人
而且它是旧的，祖母时代的银饰
雕花的，忍受渴望
绿松石镶上我的冰凉手指
你如此粗心，我在暗处守候已久
声音带着哽咽，说到绿松石
它从未属于我，在无人时刻纵容我任性

年老色衰，再去会晤珍珠
没有圆润的嗓音，没有晚礼服

等海水退潮，知更鸟不再迷路
爱情享用不尽，再去亲吻那些珍珠
整个夏天醉心揣度手相
小镇上有些人早衰
有些人被幸福纠缠
我的泪水如此众多，像珍珠
不发光但袒陈于你面前
不必回想，不必说三道四
我低语，浅笑：除了拥有珍珠
我仍然一贫如洗。今夜属于你
暗自打量这无中生有的珠宝店

假如黑水晶也不能对你施以魔法
带上我吧，让珠宝店关灯打烊吧
发晶轻佻而黑水晶沉着应事
它见惯我的矜持：固执却不堪一击
它洞晓我的旧日恋爱
在海水涨潮时劝阻忧伤打湿眼睛
这么多牵挂，这么多细软
我只挑选黑水晶
你看呵：和午夜的肤色如此接近
它不说话，也不问出处
双鱼星座，也像我，来自东海上空
只有它庇护我，一千年独守一种沉默

无疑这是最后的温存。
第七日，算命人也不再光顾这
孤独的小镇
名叫乌云的小镇
烂鱼、青石板、喑哑的珠宝店
你来端详我消瘦的面容
你来拿走，那危险的午夜一点钟

还有白金胸针、尘封的银饰

丝质睡衣上海水的气息

你无法带走它的光芒：珠宝店

与我同属阴历，所有借口只为找回它自己

故乡，故乡

草垛上该挂霜了，豆荚正恣意享受阳光

该栽蒜了，白菜就留在最后的秋日吧

我的狗，黑子，它的单纯的泪水

和我告别时，二叔说过水牛也有眼泪，我的黑子

它有埋怨的泪水。老房子失修，石臼还在舂米

歪脖榆树愈加显得老迈

二叔抽旱烟叶，还迷信，他说因为

喝了那口甜井水，我才自小模样儿俊的

我一去不回头。像星星一样敏感

我有好嗓子，依然有清澈的眼眸

脚下拖泥带水，手心写着村庄的名字

从春分到霜降，历数闲置的爱情与节气

不是书本，是乡间葬礼，教我认识死亡

也不是民间音乐，是吹鼓班子，使死亡

抹上苍凉。母亲过早教我识字，爱抚我的饱满额头

她从未对这片贫穷的土地说过什么

她是乡村教师，她死了。在我含着露水的六岁年纪

不是书本，是四季分明的庄稼地

是溪流、池塘，老实巴交的乡亲，教会我爱

也不是书本，是玉米穗和南瓜秧

是裹着泥土的花生、红薯，是稻田里那一地黄金

教会我的自然课；而会唱歌的山羊，会说话的牛的眼睛

让太阳和笑容每天升起在脸庞上

我写过矫情的和虚妄的词

我被刀子割破手，血滴在白纸上

因为行走不止，脸上染了风霜

因为风寒和怀乡病，转身时才会泪流满面

农闲其实不闲：杀猪的架好锅和柴火

算命人下了土炕；媒婆踩坏谁家门槛

公鸡们组成清早的唱诗班。多出来一窝猪崽

活计怎能不加重？毛驴也许怀着私念：不再拉磨

改去耕田？它不说，暗自怀着主意

如何分得清晒谷场上的麻雀和土豆？一色的灰

一样的小小褐色眼睛

把无所事事的人赶到集市上——扯两丈花布，今冬换新袄

把多嘴多舌的送去接近瞎子说书人

指使他听《杨家将》，看他昏昏然去了沙场

我黑发，老模样，口音未改

没有马，梦里回过无数次故乡

未曾拥有王子的爱情，以及海盗船上那一袋子金币

仍有萝卜一样生脆的乳名，有完好的胎记

有空就写一封信给秀婶婶，劝她再嫁吧

被村里人称呼三年"寡妇"了

她的眼睛笑起来弯弯的，很美；告诉她不要偷偷哭了

找个像死去的长根叔一样憨厚的男人嫁了吧

二姥娘的风湿不知怎样了，我小时被芦苇扎伤脚

伏在她的背上。她裹小脚，我怕自己掉下来

我的次堂哥有一个参军的梦，他说要当就当飞行员

咦！如今他该娶了媳妇，他把自己和高粱一道种在地里头

母亲的坟上也许草长了，每到夜色来临，我在远方天空下愿她安睡

时光养育我，回忆催人柔软
谁在低声呼唤我？谁让我回眸
漆黑的午夜谁安抚梦
谁寄信来，嘱咐路远天寒常添衣

把我放养在水塘里我就是鱼儿，爬上树我是一只自由的鸟
河里的青蛙们能辨认出我的脚步声
清晨摇摇摆摆的鸭群常有一个扎辫儿的小首领
家里的一只母羊为什么哭？它的两个孩子被牵去集市上
蚂蚱和割草的孩子相安无事，麻雀肆意停留
西邻有只凶狠的鹅，隔着裤子拧我的小腿
我病了几天，好了，家里那只清晨唱歌的公鸡不见了
问祖母，祖母说，傻孩子，你碗里吃的就是
乡村孩子怎么会孤单？地上跑的，水里游的，天上飞的
都是玩伴。不管日子有多难，它们都能活着
风也就把这些孩子们拉扯大啦

给我一个国度，还藏着一个小村庄
给我挥霍不尽的爱情，依旧有伤感的泪水
死亡告诉每一个人：咱们回家了
每个生命都有家可回

春耕秋收，红白喜事，庄户人一年忙到头
墙根下晒太阳的老人们有一天突然少了一个
全村老少都知道，他不过是住到村外的田野里去了
在拔节的麦苗或泛黄的稻穗身下的土里
他终于不再挂念那些俗世的愁
家家都少不了张罗喜事，儿子娶新媳，闺女嫁去外乡
一个个小娃儿跟南瓜一样滚落在地
老屋下怎么转眼有了白发爹娘？张二狗的娘临死不肯闭上眼
儿子说，娘你合上眼，娘你放宽心走吧——女人们扭头
抹着泪，想起二狗的爹去山里拉石头，两年没音信了

我飞石击鸟，摘叶伤人，因一行诗自弃

因为一束爱情扰乱了季节

查看日历和掌纹，找到我的出处

我和黄金有一个相仿的出处

邮差很少来村里，不如挑担子的货郎来得勤

外头是啥样？跟俺们没瓜葛。乡村集市上应有尽有

邮差一旦来村里，就让人犯了愁：当兵的儿子给家里来信了

或者外省的亲戚头回有联系。可信上说的什么

只有乡村小学的教书先生知道。

从降生那天起，我就开始学词语。比如，"善良"就写在

我所看见的每一张脸上；"欢喜"由笑容渗透

"死亡"从不被说出，是村庄的隐私

"仁义""厚道"是村里那些一辈子不识字的老人们口授的词

村里的婶子大娘们常夸我：结实得像地瓜一样

如果妈妈听见了，她会笑得像田野里最美的那朵花啊

（选自《扬子江诗刊》2019年第1期）

危险生活

/ 吕达

良夜

神已经宽宥了我的罪愆
用清晨和蓝天为证
我亲眼看见过了

活过并且爱过的人没有离去
有琴弓和琴拨为证
我亲耳听见过了

一个人愿意把心交给另一个人
用月下无言为证
我亲身饮过月色了

天是这样的阴沉，我是这样地想你

所有误入歧途的路我都走过了
心肠洗过一遍
耳朵洗过两遍

只有词是活的
听者带着歉意就近
意兴阑珊

当我回到出生的地方，发现
原来人世充满了苦涩的回望
如果配得，我们仍是那中心

在隐隐约约的确凿中，我尚且年幼
处于写情诗的年龄

危险生活

危险的是故地重游，是悼念
心门也曾敞开过，并且旋转
危险的是生活
生活是一个循环，词语从那儿涌流
也在那儿阻塞
人退居为布景

人间的苦难似乐章回旋
危险的是我为他发过光
又戛然而止
群星庄严地各就各位
我们的婚床兀自留在那儿

挽歌

爱是一曲挽歌
我们与自身的对应物交谈
第一行，犹如在茫茫人海找到他

两张白纸互相打量

音乐消耗着乐器
风经过我时
柳树发芽，海棠开花
我删除多余的变奏
找到合适的音高，汇入他的和声

许多年日里，世界准确、无人
许多年日里我都在想他
于是只能写下半支曲

我想把曲终写得简洁些
一如他，在春的花园里
静若最深的流水

怀人

生活苦涩，所幸的是我
没有写下违心的分行
岁月悠长，我手握故人馈赠
所幸的是矢志已忘
从别后无消息，所幸的是
我们短暂的交谈
至今仍然发出美妙的回声
我怀疑过自己从未靠近真理
所幸的是夜色已深

今日阴雨，是你钟情的天气
我们都将先后步入三十岁、六十岁
被爱人紧拥，成为妻子与母亲
所幸的是如今

我爱的很少，但我爱得坦诚

在可以避免的遗憾之中
故人是最深切的遗憾
如果一定要写一首纪念诗
以此纪念：
你曾将黑暗吸吮
我曾置身光明之中

请求解冻的风

四月，决裂的一切在试图和好
我有了洁净自己的愿望，像无声的植物
虔心守候解冻的春风
没人断言严冬到底要持续多久
走得又远又散的挚友之间也有了无法谈论的事物
她们共用同一个姓氏却相隔两个宇宙
而我固执地认为黑洞的存在
是上帝仁慈的设计
为了修补这个世界的破碎
所以另一个世界在传唤

在河面荡开波纹的四月
我将撕毁那些年轻潦草的诗篇
甚至语言（它们在我手上多么危险）
平静地读你的诗，看你的相片
因为分别这四年来
我走过的是漫漫甬道
长久的疲惫使我成为一张暗哑的旧书桌
而你是桌上的烛灯
永远是。

为歧路所作

一生之中快乐的日子少之又少
一定是某些地方弄错了有人才坚持
带我来到这个世界
或者还有别的世界
但我选择了歧路
"走这边。"
于是，那亿万年前就已经存在的存在说。

没有什么能被真正挽回。
天堂曾经来过
暮晚把疲倦的人含进嘴中
我们饮惯了苦水
苦和甜就不能出自同一眼清泉？
莳萝在主的餐盘中欲上衣襟
两种麻织缠而成的纻就不再纯洁？

未曾相爱的一切都是幸运的
既然造物主把我造成孤魂
我就不得不屈服于自己可憎的命运
既然知晓了真情
我就不再空唱爱的挽歌

念去去

造物主竟这样钟情于制造分离
在夺我所爱之后，又偏让我
承担爱侣的馈赠
在一个关于她的美梦中
我不愿醒来，因为每说一次
再见，就是死去一点。

而每次醒来，只有饱含爱意的
回忆，与我同在

爱侣啊，不要互赠礼物
潮水起落无时，作为受造物
河岸无法更改它的存在
夏夜的凉风一年年地吹
河面匮缺又盈满
风拂动河岸芦苇一丛丛
她裙角飞扬，曾在桥上久久流连
我从未意识到她如此孤独

如今我们相隔如重山
造物主的美意与我对视
千言万语不过多余
过去的日子是最好的日子
爱过的人是最好的人
听过的她的歌声是最好的歌声

未婚妻

地平线每一天忍受落日的烫伤
第二天又把一切原谅
而我一伤心，就要生病

宣扬自己不爱的人
恰恰是因为还爱
可是心儿偏偏喜欢欺骗
对此我早习以为常

在流云与风交织的美丽时辰
你的脸曾紧贴着我的脸

如果我也有陶艺家或雕塑家的本领
我该用这抔尘土捏出一个怎样的你
好使我们既是两人又是一体
我庄重严肃的未婚妻？

情歌

草原上没有我爱的人，
草原也只能用来牧羊。

神山下没有我爱的人，
神山转也转不完。

圣湖边没有我爱的人，
圣湖也显得太过宽广。

拉萨没有我爱的人，
拉萨也只是一座空城。

美人

那些美人让我无数次垂泪
上帝给了我们美和不美的分别

我相信大自然有一种能力
让我与某个人心意相通

只是那位被埋没在角落里的好姑娘
缺乏美貌，没有歌喉
我该怎么结识她？

求你洁净我

求你洁净我的心
厚待我如同厚待洁净的田野、河流，与庄稼
一生只为了绿一次，再黄一次
结出的果实能够被人类拾起果腹
在日落时分，让我能够安然躺卧，罪被赦免

我不需要站立
我只想深深扎进你的内心

等一个人的来信

我试着把心事
用宇宙波发给他

天地不仁
万物残忍
时间一分一秒地流逝
没有一阵风吹出了正确的方向
没有一只春天的蜜蜂愿意为我停留
没有一株植物为我的幸福低一会头

（选自公众号"鹤轩的世界"）

分手的浪花

/ 森子

与浪花分手

甭管有多少憧憬
我是来和浪花离婚的

我爱一个人的不够
渊深张开秀口

我还不足以爱一个人的整体
下潜的涡轮已经发动

我也没有那么多堂皇的眼泪
喂养一只螃蟹

抱歉
上岸的死鱼有貌似的理解

我是来和浪花谈分手的
铁锚就不要了

在海水的壁橱，喝了一勺咸腥之后
我说大海，我爱过你全家。

亚龙湾，看日出

为此而早醒，拖凉鞋
揉三角梅的三重眼皮
晚莲开了一夜夜车，还不熄火
加油站在水下琢磨，明天是否还有可加入的生活
蜻蜓打理露水的店铺，能赚点就赚点
黄牛的尊严在山道上
雨蛙要拦住一片将要下坠的树叶

沙滩怎么可能没想过搁浅的鲸鱼
但鲸鱼没有想过搁置的内容
生活也没想过你怎样活，那不全由你做主
任何事件都会激起大家的分贝
小鱼死于偶然性，行为分离了波涛
冒充鱼儿的鱼钩终于失态
却好似谁的嘴唇被咬住了
玫瑰发卡遗失了自白的少女
只有你还在礁石后嘟囔
椰子被砍头以后，推到黎明的餐桌前

海浪向前扑，重复一个动作
退潮就像是展示不断向前的大酒店究竟有多大
我也要把我拍入沙滩，为我们的相似性
椰子树摇曳椰子汁
天涯松动了东坡的牙齿
第一次缺席中原的一场大雪
遗憾的洞穴里没有我在张望

浪花想知道这是为什么，我却不能对她说。

到灯塔去

到灯塔去
叫上达维洛夫人
镜子里的莉丽可能不同意

你要去画莉丽画过的灯塔
她用了十年时间，跨越一次世界大战
你只须抽出一个上午

你的想法比挤颜料单纯
在灯塔厚实的胸腔里
端坐着一位女性，手指拨动海平线

海面上，阴影投射上班下班的鱼群
太阳舰队出没于波涛的更衣室
而深渊就坐在你对面

你是来搞平衡的吗？
海潮狂暴的平衡
很快掀翻了你的调色盒

现场确认你的心情还不算坏
沙子变珊瑚，贝壳变少年
你还能认出那张气泡吹出的脸儿

你的灯塔里没有夫人缝缝补补
你的海滩上也没情人丢弃的果皮
你心中的莉丽没带自拍杆。

厦门 2206

陪大海我也没有耐心
或有耐心而无独处的时间
房间有了，刚过中午，便住入 2206
窗帘外的海湾透出半圆的瞳仁
一幢幢类同的楼房让我的兴致减去不少
大大小小的船只泊在水面上
我怎么好像停不下来？

不是生活无狂徒，而是我内心有波纹
就像我从未遇见过莫兰迪
这位破坏力极强的诗人
接下来的几天里
我看到一些残肢断句，台风比想象的还凶猛
被毁的树木却不记得什么是恨

第二天傍晚，我才知道隔壁住着川谷俊太郎
朗诵时，他摸着后脑勺
说不记得自己写下的任何一首诗
活得真实，才懂得
如何同自己的肉体告别
我没去敲他的门
读他的诗即问候认识和不认识的人。

鼓浪屿桉树下，读冯至十四行诗
——赠黄土路

你会想起一些树
梳分头和扎辫子的
颔首和翘首也不见彼岸花
静止的和向外拥挤的

坐船而来和弃舟而去，轰鸣的
铁树和收割泪水的橡胶树
喝咖啡的和抛酒瓶子的槟榔
向上爬有限高，向下长遇砖头
砌入墙体不能动弹或逃离看守所的
后悔的和长错了地方也没办法
一棵好做梦的树和决不替别人做梦的树
有概念的和没头脑的
站着就死了和死了还站着
嫁给台风的和毁约的婚树
巨划算和太不划算——譬如桉树
和桉树头顶的黄金、长矛
台湾相思树和大陆上的跌打损伤有对症之处
以及榕树多肢的爬行表演
马蜂翅膀下暂停的宇宙屏息静听
草莓在草坪上读冯至的十四行诗：有加利树。

农闲时的采药人

两辆三轮车停在林间的小道上
安静，好像不熟悉我们
还有不为人所知的内容

林间的大路直通山顶一侧
穿透松林的光线留下一排拉长的身影
我们跨越阴影的栅栏走向高处

回首，往昔多么开阔
麦田铺好了农事，写入成人日记
一行行不出自诗人之手却胜似诗人

押韵的农舍在小方块中闪亮

一半阴影将归功于它们的缄默
这一刻就像张开双手向你跑来的孩童

且慢，红色三轮车似有反应
两位采药人拎着鱼皮袋从逆光中走出
风景再美也不能治愈一公里外的尘土和耳鸣。

从青龙峡返程，停留路边店

坐在国槐树下，群山也下班了
槐花抖落一地
打卡的麻雀尸回到临时的窝点
你见过搜山的鸟儿一次次在山谷中盘旋
呼喊落单的玩伴，自由散漫的白天
夜晚归于抱团的组织

细雨催落后续的花瓣
小女孩对弟弟说，那是星星垂下的泪珠
院子里，三位中年女人练习舞步
如戈达尔 一部电影中的场景
忘情投入而不计产出

黑夜包裹山崖的头颅，好似要打包寄给一个惊吓
箫声又起——忆故人
撩拨我们的猫尾巴开着柔毛打碗花
明天不及此刻
此刻已决定了决不离开地球
他抑制着快乐，看雨后露头的繁星。

楚王城，蹦蹦跳跳的喜鹊

喜鹊不承认有国家

但一定有人说这是我国的喜鹊
独具特色
在楚墓旁的小树上，玉米地里
喜鹊赞赏过穷乡
也颂扬过富有之邦

从春秋至战国
楚先后灭掉了六十二国
大王、小王和蚁后们
犹如一盏盏油灯被掐灭

喜鹊从来没有想过要去灭谁
要灭就生生灭灭
同农药一起战死
喜鹊没有统一过喜鹊窝
喜鹊没有让其他鸟儿说喜鹊话

天生的乐天派
我就没它那么乐观
喜鹊翅膀上的神听见过雪片扫过锦瑟的颤音
后世的君王好像谁也没有真正发抖过。

（选自《读诗·时间之水》，长江文艺出版社 2018 年 12 月版）

我们曾经如此贫穷

/ 朱庆和

忧伤不值半文钱

我走了很远的路
从残破的城门穿过
在一个富贵人家
兜售我的经历和见闻
主人的女儿
坐在树下喂猫
身边的丫鬟是我妹妹
她已不认识我
夜晚我睡在城外的草垛里
怀抱星空

父亲扛着梯子从集市上穿过

扛着梯子的父亲
要穿过集市
中山装敞开着
小腿肚子上的毛沾着泥巴

熟人见了打声招呼

并热情地把烟夹到他耳朵上

准备出粪用的铁锨

挂在梯子的后面

刚买的地瓜苗挂在前面

今天要下到地里

肩膀上的梯子是要苫屋用的

夏天母亲将不会再抱怨

人越来越多

父亲扛着梯子艰难地行进

引起了人们的不满

有人提议父亲把梯子竖起来

顺便爬上去

看看天上的风景

而有人则叫他把梯子举过头顶

让火车在上面飞跑

他们嘲笑着父亲

小偷却趁机偷走了铁锨头

接着又顺跑了地瓜苗

甚至还替父亲把梯子扛着

顺手取下他耳朵上的烟自己点上了

一动不动的父亲

扛着一架虚无的梯子

像电影胶片一样

定格在拥挤的人流中

下雪那天，我们干了些什么

我们先是在雪地上奔跑

为了追赶一只野兔

到了湖边

野兔却突然不见了

黑色的湖面

白色的雪地

身后是我们凌乱的脚印

也许野兔逃到了湖里

也许它成了一条鱼

后来我们在一间茅屋里烤火

大家围成一圈

聊了很多的事情

火苗映红了我们的脸

不知是谁说了声

"自卑不是天生的……"

我们一直在添着柴火

可谁也没出去看看

外面的雪下得有多厚

下山

我喜欢一个人爬山

从后山上

昨夜的雨化为山泉

蚯蚓一样

脚下的枯叶

犹如往事

被踩得嗞嗞响

下山的时候

有几个村民拦住我

看有没有

偷山上的竹笋

我身上空无一物

他们不知道

我就是山中的竹子

已悠然下山去

春光

从屋里出来，我
常常到田间去
前妻曾叫我娶一个乡下老婆
朴实的健壮的
可少女们都去了外乡
我只好跟母狗调情
几个农民正用粪汤浇菜
我看不到他们的苦
就像他们看不到我的苦一样
我们谈论着天气和收成
春光中飘荡着
谦和的臭

入夜

其实一切都不像你诗歌中咏唱的那样
房子没有生出翅膀
种子也自然没有跳出来说话
只是兄弟们身上的知识
坚决地从田地里剔除了出去
就像一颗石子被扔出好远
妻子的乳房让沾着泥巴的孩子拽得很长
为什么不把他们赶到干瘪的稻壳里去
兄弟们啊，其实最危险的是劳动之后的心情
怀着喜悦，也怀着愤恨
即使入夜，即使周围的一切都安静下来

我们曾经如此贫穷

父母在水田里插秧
孩子捉了蚂蟥放在腿上
故意让它吸血
他的身体干瘪如稻壳

看到有汽车驶来
就兴奋地一路追赶
尾随着，鼻子贪婪地吸食
他觉得尾气太好闻了

即使再多的告诫也不听
那时真的是很穷啊
就连有毒的东西
都那么稀有

再见，我的小板凳

惜惜学会了说"再见"
跟兔子玩完
说一声"兔兔，再见"

路过游乐场
她曾在那里玩耍
说一声"摩尔，再见"

吃过晚饭，抹抹嘴
她说"小板凳，再见"
临睡前，她也会

跟夜晚说再见

然后返回她的星球
第二天早上回来

在朋友们中间

开始是几个人
一起说笑，喝茶
后来分散各处的朋友都来了
只是出现在谈话里
他们的目光
安然如街边的树丛
远方的经历多么奇妙啊
就像不屈的灯光
打在脸上
你一直在倾听并深陷其中
那积郁已久的心事
已悄然化为无形

通往坟地的路

漆黑的夜色
引领着你
路上的荒草
被你劈开
又是那酗酒的丈夫
和一堆饿疯了的孩子
把你压垮了
你的哭声
引得树上的知了不耐烦
坟里是空的
你爹娘不在里面
就像今晚的月亮没出来

照亮它所眷顾的人

稻田里的青蛙

也应和着

没有穷苦的人

只有穷苦的心

橘树的荣耀

不知不觉

我们已来到一片坡地上

这是你家的橘树地

虽然看不到橘树

却仍然感觉到累累的果实

垂挂于心

谈话仍继续并在橘树间闪烁

比如这橘树

只有长出果子来

才让人放心

这是它的荣耀

顺手摘了一个橘子

在手里凉凉的

你怎么知道果实里没有愤怒

剥开来，橘子的清香

在黑暗中弥漫

当然有，但最终会消隐

颓败的结局谁也不能避免

就像眼前的夜

你我都要消失其中

但现在可以当作一杯酒

让我们慢慢啜饮

夜读的水鸟

午夜，我踱步
到村后的池塘
那是在读书疲倦时
芦苇丛中的水鸟
用尖嘴叩击水面
就像我叩击纸张上的文字
但是一天之中
根本读不了多少
母亲常常这样说我
带了一箩筐的书
看你什么时候读完
我也发愁，秋天快到了
难道只想
收获一箩筐的荒芜

（选自《汉诗·父亲扛着梯子从集市上穿过》，长江文艺出版社 2018 年
11 月版）

写诗何为

/ 何晓坤

好像什么都没有发生一样

她急匆匆地走进这片树林
确定无人后，一屁股瘫坐在地
嚎啕大哭起来。她边哭边捶打大地
先前在林中叽叽喳喳的雀鸟
被惊得仓皇逃窜。这个悲伤的人
身体里好像堆积了太多的苦水
哭得泣不成声，哭得天昏地暗
有那么一瞬，她的声带
好像被什么东西卡住，只剩下
不断重复的"妈呀""天啊"之类的哭喊
此刻，世界很安静
雀鸟，小虫，和远远呆立的我
都学会了隐身在哭声的暗处。
而这个悲伤的人，哭够之后，
迅速站起身来，拍掉身上的尘土
擦了擦眼泪，理了理衣服
又急匆匆地走出了这片林子

好像什么都没有发生一样。

交流

我们说到梦，说到载满货物的车子
忘了方向和目的地，像一只倦鸟
飞翔中突然和翅膀失去了联系。
天空里的每一片云朵，都住着神仙
也住着苍狗。而那只困兽
不会再有归途，它只能接受
阳光的拷问。说到一朵花的绽放
如果错过了春天，无论提前
还是延期，都没有了太多的意义。
我们还说到落日，说到叶隙间漏下的夕光
多像墓中人丢失的金子。
说到孩子，和宿命中的种种神秘
但我们一直没有，找到密码。
肉身正一天天速朽，任何一片落叶
都可以砸伤大地。我们说的时候
其实黑夜早已降临。黑夜里没有远方
也不用看见，彼此瞳孔中
就要滚落的泪滴。

在黑暗中点燃香烟

没有痛苦，也不需要思考。
没有纠结的取舍。没有恨
也没有刻骨铭心的爱。没有愤怒
没有夕光切割山河的悲凉！
秋风渐行渐远，没有愁绪
没有心虚和恐慌。没有回忆
也没有满目春光的怀想。

什么都没有。此时我静如
虚无中的虚无。这样的时刻
我在黑暗中点燃香烟
只想无意中灼痛自己。
掐灭烟头后，再胁迫自己
成为黑暗的一部分。

炒茶记

离开枝头的叶子
不再需要天空和云朵。
借枝头存在，已是它们的前世。
今生，他们来到了另一个江湖
接生者说，去除你的青色
你就拥有了柔软，焙干你的水分
就能走向纯粹。火中洗浴
只是重生。

我还联想到，一片叶子
在枝头站立多久，比较合适？
一个人，挖空心思地想长寿
正不正确？而如果这个人
躺进了棺材，算不算死亡？

养杯记

赠杯者言，此杯要养
用心，给它注入灵魂
它有无限开阔的领地
沿着它的脉搏和神经
茶和泉水，会为你种出
草木，云朵，山河。种出

桃花源里的鸟声，蝉鸣
以及南山脚下的夕晖和炊烟。
如果再用心一点，你或许
就能看见时光的倒影，看见
高贵华丽的斑驳和沧桑
看见寺庙，和石头深处
诵经者的笑脸。
这只蕴藏无限可能的茶杯
就这样被我小心翼翼地养着
若干年过去了，它没有成精
只是颜色深了一些，我的眼角
也多了几条放射状的皱纹。

沉默者

他不是惜字如金的人
他只是内心充满忧虑，他害怕
多余的语言，会成为时光的暗雷
或者尘土中锈迹斑斑的钉子
他还需要学习，在安静之外
如何表达对人世的爱。每个清晨
都有鸟在玻璃的外面，痴情地歌唱
多么透明的声音，像婴儿的啼哭
疼痛中浮出欢喜。他真的羡慕
流水般的呼唤，清风似的抚摸
但他的声带，早已落满
岁月的灰尘。这个世界的存在
多么的盛大啊！他缓缓走向茶桌
看到壶中的物体，浸泡了整整一生
也没有醒来的迹象

写诗何为

照顾一个患者需要多少的耐心
这个话题稍显沉重。在时光门外
我们并没有学会,将日子分类储存
没有学会,在那朵浮云的深处
稍停片刻,让肉身静静听灵魂歌唱

谁在幻想,高处的掌声和花朵
谁在忽视,低处的骨头发出的声响
生死被隔开了。需要一抹暮色
把渐行渐远的影子,从天边拽回
还给大地和尘土

对活着的理解我就这么肤浅
写诗何为?谁在把最后的凋零
装进了语言的寺庙。看雪白的床头
临死的孤独,远比诗歌具体
空空的疼痛,远比文字揪心

在先祖坟前静坐

献完供品,烧了纸钱
我的身体似乎就空了。山雾
突然开始弥漫。有那么一瞬
我恍若身在云端。恍若
误入神仙的地盘。内心深处
竟然开始窃喜。而我真的累了
只想静静坐下来,自言自语
或者什么也不说。弥漫的山雾
让我无法看得太远。但我还是发现
眼前的这堆黄土,好像比去年

高了一些，青龙山上的那棵树
也比去年，高了一些。

梦见一个人

梦见一个人　在某个平常的日子
白天或者夜晚　梦见一袭黑风
一面远古的战旗　在狭小的空间舞荡
面对这突临的幻影
掠过城堡的炫目的亮色
我真的有些手足无措　许多年来
我己经习惯生活在梦之外的地方
循规蹈矩　平淡无奇　我也异常清楚
自己骨子里并不是什么清心寡欲的人
谁也不是　所以梦见一个人
一个长发飘飘的幽灵　曾经的梦影
并非不可理喻　并非亵渎
如果这个人真的出现在我眼前
其实我可能会视若路人　擦肩而过
甚至在无人的地方
也忘了回头

这个世界的入口太小

应该有一扇门　让时间稍作停息
应该有一种开门的方式　不会惊扰
我所身处的　疲惫不堪的星球
应该有一片树叶　无论多么丑陋
也能触到季节的深度
应该有一颗泪珠　无论如何浑浊
也能看清岁月的面孔
应该有一只蚂蚁　无论多么微小

也能留下　爬行的痕迹
这个世界的入口太小　应该有一壶热茶
能够收容　徘徊在午夜的
一声叹息

旧时信札

躺在岁月抽屉里的　通常是旧时信札
这些时光的水滴　早被时间无情地串成
沉默的念珠　偶尔拨弄　那种远去的温暖
霎时便会布满全身　这不是怀旧
不是在蛛丝马迹中寻找　遗失的金子
瞬息万变的年代　我们需要安稳的睡眠
信札遗弃了我们　可以嗅到的温暖
也遗弃了我们　我们从来不曾想起
那些被忽略的或被遗忘的　对我们的伤害
究竟有多深　我们也从来不曾明白
被填得满满当当的日子　一旦翻过去
为什么总是　空白一片

一个人喝茶

坐进陶瓷的中央　所有的事物
开始简单而透明　茶是次要的
被时光漂洗过的也是内心
我坐下来　并不是要和时间谈判
我也不是被浮世抛弃的那个人
处心积虑地和自己对垒　许多年了
我一直在寻找　打开自己的
那把钥匙　现在　我终于可以
安静地坐下来　一个人喝茶
一个人　在辽阔安宁的湖里

打捞岁月中遗失的影子

我们头顶的天空

我想以雪为水　煮一壶清茶
效仿传说中的古人　和天空
作一次湿润的对话　第一场雪飘临
我欣喜若狂地捧来透明的晶体
溶化的却是黑如炭水的污汁
第二场雪飘临　我仍满怀希望
看到的又是龌龊不清的浑水
第三场雪飘临　我心怀侥幸
重复了前两次的失望和震惊
现在　我不敢再有雪水煮茶的矫情
我非常后悔　一场美丽的预谋
却意外目睹了　时光深处
难以擦洗的泪痕

在钻天坡顶看油菜花

你无法把阴暗和晴朗截然分割
就像在虚幻的梦中　你无法
真切地体验软和硬　消失与出现
就像评判一个刚刚结束的生命
你无法界定欢乐　或者痛苦
有一年春天　我在钻天坡顶看油菜花
满山遍野的金黄　仿佛已经让我找到
绽放的钥匙　甚至暗暗做出决定
从今以后　要像花朵一样灿灿
像阳光一样清透　和温馨
就在我做出决策的瞬间　大片浓雾
从谷底疯狂升起　霎时淹没

眼前的风景　我慌忙逃回内心

惊诧地发现　在我灵魂的两隅

分别潜伏着魔鬼的狰狞

和天使的笑脸

与己书

回到自己的内心去吧

把过往像垃圾一样运走　这样的年龄

不该有疼痛和疯狂　也不再纠结和幻想

回到内心去　煮一壶清茶　安静下来

看看夕晖里的大地　多么柔软　安宁

包容裂痕依旧的光阴　原谅自己

也原谅整整一生不离不弃的影子

告诉它　委屈了　跟随了大半辈子

也没有长大　以后还会越来越矮小

现在我要去打扫落叶了　如果你还愿意

就和我一起弯下腰去

（选自《十月》2019 年第 1 期、《扬子江诗刊》2019 年第 1 期）

发声学

/ 臧海英

疑问

从什么时候
我只是吃饱，不能满足食欲
我只是活着，并不快乐
我写作，又删掉
我枯乏的舌头
人间无数，没有一样是它喜欢的
我不知道是我的问题
还是世界的问题

时间差

杨安镇博物馆墙上的钟表
分别显示北京时间、伦敦时间、巴黎时间和纽约时间
我愣了一下
不知该认领哪个时间

一条河流经两个国家，分别命名

同一事物的一面与另一面，各自为政
一个恶棍
也对自己的女儿温柔以待……

走出博物馆时，天空朗阔
人们还在讨论，两种辣味之间的细微差别
没有人注意
我的时间
已偏离他们的时间

托孤

飞机在天上飞
它投射在人间的影子
也贴着山川飞行
透过舷窗，我望着它
犹如一次托孤。我说
　"就让它再多飞行一会儿！"
它果然缓缓而行
像我留在世上的一个念想
直到遇到一面大湖
它一头扎进了湖水里

少数人

……真是难得啊，索道下
有人在攀爬
电梯旁
也留有一条楼梯
一个声音，离开了合唱团

我至今没有成为他们

就像今天中午
我来到楼梯间
我也只是站了站
就出来了

救援

地震频发的生活现场
我得不到救援
就在梦里，化身志愿者
自救的过程，艰难又不可思议
令我绝望的是：走不出梦境
施救与被救，就不会成立
在它们之间铺设道路，我的心力
一点点丧失。但没到最后一刻
我不打算放弃
没到最后一刻，寻找与等待
就会在白天和夜晚
一直持续下去
——我走在梦中救援的途中
我也坐在现实的石头上

风中

清风拂面，风掀起衣衫
我在风中喊自己的名字
与一个风中狂奔的人，做爱
其中一次
我把身体交给一阵风
灵魂则交给了另一阵风。我说
请让我重新找到他们

在乐陵百枣园

一座甜蜜加工厂
每一棵树，都是一个甜蜜制造器
每个来到这的人，都是一个个甜食爱好者
甜腻的空气中
我已经厌倦了蜂拥而至的方向
对幸福也失去了兴趣
跟着一颗掉落的青枣
我走向甜蜜的反面，结果的对面

陆地动物

如临深渊啊
乘飞机去漠河，在杭州坐船
我头晕，恶心……
我的肉身，如此反对我的心

回到地面，浑身轻松
我只好死心塌地
做一只受限于四肢和地面的陆地动物

而最近，腰椎间盘突出
让我不能远行
我受限于一块小小的病变组织
躺在床上，终日思考着
一棵稻草，是怎样从喂养我的那棵
变成了压倒我的那棵

发声学

我听出鸟鸣中特别的一个

它是怎么做到的
神秘的天赋？
多年的练习？
一只鸟始终在飞
在找自己的声音

也是离开同类的一个

整个清晨，我都想找出这一只
在众多的声音中
努力发出属于我的

写下的部分

——无不在展示我的匮乏
也成为我反对自己的证据

作为一种羞辱
它们保留下来

现在，在隔壁房间
我没有再让人读到它们的愿望了

可我还是在写
我只能这样认为
"我知道了自己的有限
还在自不量力……"

我能不能这样认为
我写下的，并且还在写
只为了一首诗的出现

一首不可能之诗

离开

离开我的事物
都或多或少，带走了一部分我
刚刚脱下的长裙
也还保留着我部分身形
风正摇晃它。它的不安
也包括了我的
而它突然掉落，令我猝不及防
我有虚脱之感，离去之悲

暂居德州

今晚，他们说起
佩索阿的里斯本，卡夫卡的布拉格，乔伊斯的都柏林
以及那些没有故乡的人
"暂居德州"
我如此介绍自己

我也曾暂居宁津，暂居昌平，暂居北村
我如此说起我的经历

当然，也可以换成
暂居人世
我如此描述我的处境
人的处境

深夜颂

寂静送来风吹树干的声音

送来一声声蛙鸣

最后送来琴声

寂静一层层送上来

寂静从来不是寂静本身

我的心上，因此多出一棵树

多出几百只青蛙

也多出一把琴

从而多出一片树林、一条河流

和一个风中拉琴的人

寂静真慷慨啊

我的身体住进来

一座庞大的演奏厅

生日诗

今天发现，白发又多了

像是提前来到自己的老年

让我激动不已的是：我中年的脸刚起皱

我少女的乳房，还在发育

不爱

时间也有解决不了的

十年了，她还是不爱他

可他不管，他只把自己的爱给她

源源不断地……他相信水滴石穿

可他不知道，她可以让他穿过自己的身体

就是不会爱他

多么坚决的不爱啊

我赞美它

失语症

喉间。有滚落的巨石

压住舌角。有鹿

已在石后，豢养为猛虎

每次纵身一跃，都是对石头的反抗

为了脱口而出，我把嘴张得很大

并一次次在黑暗中，把石头推走

把虎腹内的鹿唤醒

虎，逐回丛林

我以为，这样便能获救

而不等我说出，石头就会滚落

虎也会随后赶来

循环往复间，我渴望真正的放弃

现在，像一个哑巴，我只是把嘴张大

虽然石头已经不在

猛虎已经不在

鹿鸣已经不在

（选自《汉诗·父亲扛着梯子从集市上穿过》，长江文艺出版社 2018 年
11 月版）

赝品博物馆

/ 冯娜

你的手

你在梦呓中抽走你的手
——仿佛从我头下抽走了许多夜晚
仿佛，也宽宥了所有尚未成形的梦寐

你的手比你的言辞更快地接纳了黑暗
它抹去了声音里的尖刺
抹去了我的羞愧、恐惧、突兀的喜怒
仿佛它总是醒着的——
你的手，比你更平静地走向我

有时，我独自坐在世俗的椅子上
想起你的手，它端着杯子
它按下一个又一个黑键，"保存"或"删除"
它在冰冷的风中，在陌生人的街区
在我触碰不到的时间里，
它替我理解了你的生活

在我熟睡时，它重新回到我的头下
仿佛填平了梦与梦之间的隔阻
你的手
仿佛可以成为我的手

没有去过的地方

山谷最优美的季节最清寂
婴孩的呢喃含着繁复的谜语
老人并不知道亲眷最终的下落
寡言的男人没有去过圣城
一个女人拦住我，问我是否希望重返青春

未撕下的日历上，有人在测算温差
陌生人种下的树影，覆盖正在消失的下午

我有一件没有收进屋的衣裳
有一首诗没有写完
我还有一些没有名字的时间
那是我们都没有去过的地方

驱车过喜洲

这里的残雪都可以叫做苍山
这里的风都是洱海的船艄
这里圣贤独居
好汉也隐姓埋名
我武功尽废，驱车数寒星
西伯利亚的群鸥中是否混入了一只青鸟？
浪子燕青的箫声收紧了车轴上的速度
百步穿杨谁和谁
曾与这喜洲交手

喜洲水冷
也可以叫作梁山泊

无证之罪

我曾目睹一只老鼠的死亡，在一堆下药的谷物前
我曾目睹一只山羊的死亡，在磨出豁口的刀刃间
我曾用一块石头堵住蚂蚁松软的巢穴入口
我曾绕过一座拥堵的大桥，听说有人一跃而下

我曾在冬天取走了一个人的誓言
被爱的人，早就学会了作伪证
整天拿刮着镜子背后的水银
离开的记忆，在玻璃上流连了一会儿

我也和诸多幸存者一样，戴着皮手套
在数不清的声音中翻检稀薄的光亮
偶尔敞开一线房门，端坐
像一个等待着浪子归家的慈母

赝品博物馆

怎么能展览心事，在满是赝品的博物馆
一个声音在暗处说，"忘记你见过的一切"
历朝历代的纹饰珍藏着每一根线条的记忆
我找到过打死结的部分

古代那么多能工巧匠，奔走于作坊与画室之间
在器物中哑默的人，在一张素帛的经纬上面
怎么能铺展心灵，对着流逝

——他们能理解一个诗人、一个相信炼金术的后代

还能通过肉眼甄别瓷器上的釉彩
我们拥有相同的、模糊的、裸露的时间，和忍耐
也许，还拥有过相同的、精妙的、幽闭的心事

相互压缩的钟表，每跳过一格
就有一种真实冲破坚硬的铜，锈成晶体
赝品摆在赝品的位置上
不理会人们的目光，带着传世的决心

美丽的事

积雪不化的街口，焰火在身后绽开
一只蜂鸟忙于对春天授粉
葡萄被采摘、酝酿，有一杯漂洋过海
有几滴泼溅在胡桃木的吉他上
星辰与无数劳作者结伴
啊，不，赤道的国度并不急于歌颂太阳
年轻人只身穿越森林
雨水下在需要它的地方

一个口齿不清的孩子将小手伸向我——
有生之年，她一定不会再次认出我
但我曾是被她选中的人

夜奔

听说你们连夜搬离了北方的住所
巡夜者并没有打着灯笼
你们手把手焊接的栏杆，又冷又硬
像地图上垂直的河流，发亮的坚冰

日历牌翻动着呼吸的利润

大排量的卡车，正在驶离光滑的街区
你们的南腔北调阻止了你们说话
——语言剥夺了人更多的自由

道路四通八达
灯火漫过你们所要投奔的方向
一切正在来临啊，一切正在逝去
滴着汗的人
用一个个蛇皮口袋填充着新世界的空当

在博物馆拍摄一幅壁画

如果那衣袍穿在我身上
如果那乐器抱在我怀中
如果那呼吸吹到我眼前的人
如果那手臂的弧度刚好握住流云
如果我每一步都踩着那碎裂的沉香

我的额头是不是应该低垂
我的眸子是不是应该饱含泪意
我周遭的气韵是否要由一头白象来决定
如果我只是爱情的一种象形
你还会不会，会不会爱上那壁画中人？

边境

走得太疾，我会是你的诺曼底
走得过慢，我便是你失守的珍珠港
河水是一群马，保持着船只的速度
我挑中其中一匹，骑上它
穿过中越边境上此起彼落的吆喝声：
"女士，买一个戒指吧

——他将牢牢戴着你的爱情"

夜访太平洋

礁石也在翻滚
前半夜，潮汐在地球的另一面
它也许拥有一个男人沉默的喉结
但黑色的大海压倒了我的想象

我不应该跟随谁来到这里
太平洋被煽动着，降下一万丈深渊
我每问起一个人的名字
就能送回他的全部声息

我突然想平淡地生活着，回到平原、盆地、几棵树中间
我怜惜海水被永恒搅拌
另一个诗人也在岸边，他看着我跳进一半残贝
他不会游泳，更不准备长出尾鳍
我的进化加速了珊瑚从红色中挣扎而出
礁石也在翻滚
一块鳞片一块鳞片地砸疼我
沉默的男性是否早已放弃两栖生活？
他不伸手，不打算拦住一个浪头斩断我的触须

我为什么来到这里，荒凉的大海荒凉的深夜
谁邀请了一个被波光蛊惑的女人
她为何违背请柬上的告诫，跳下礁石
没有人告诉她日出的时间
她只好站在一摊水里，不敢游得太远
和男人一块反复地等

陌生海岸小驻

一个陌生小站
树影在热带的喘息中摇摆
我看见的事物，从早晨回到了上空

谷粒一样的岩石散落在白色海岸
——整夜整夜的工作，让船只镀上锈迹
在这里，旅人的手是多余的
海鸟的翅膀是多余的
风捉住所有光明
将它们升上教堂的尖顶

露水没有片刻的犹疑
月亮的信仰也不是白昼
——它们隐没着自身
和黝黑的土地一起，吐出了整个海洋

长城印象

北方的山，不到冬天就冷得硌人
石头用来砌长城
所有可能受孕的树
也都要舍下藤蔓，硬起心肠

把一朵野花簪在烽火台上
如果她曾有过爱情
那个名叫褒姒的女人
我在静得发抖的断垣上走
脚下睡着那些古老得，我们愿意轻信的事物

——这是我对长城唯一的印象

我一直在它硌人的心口上走来走去
一会儿搂着火一会儿抱着冰
反复舍弃，其余的印象

（选自《读诗·时间之水》，长江文艺出版社 2018 年 12 月版）

第一场雪的观察

/ 亦来

第一场雪的观察

落在橡树上的雪，和落在松树上的雪
是同一阵雪。

落在地面上的雪
抱着橡树的腿，也抱着松树的腿。

落在地面上的雪，吃橡果
也吃从松枝上射来的针。

还在空中的雪，还可以挑选落脚之处
钻进石头缝，或踮立在窗沿照镜子。

它还可以犹豫，借着风往回走，
这一刻，它还是一颗最小的自旋星球。

而如果在铁轨上铺开，就会像
肉案上的肋骨，赞美更冷的刀锋。

落入站台的雪，练就了耐心。
落入列车的雪，学会了奔跑与呼啸。

落入水的雪变成水，落入冰的雪变成冰
落入沉默的雪，加入沉默的合唱。

落入清晨的雪是蓝雪。
跌入黄昏的雪是深灰的尘埃。

第二场雪是精确的雪

从十二时到六时的雪，将身长
控制在一把尺子允许的刻度。

所有的质点沿着垂线降落，
在平面或斜面，无穷小堆成无穷大。

仿佛穿过黑暗区间的无数个零，
在落地的一瞬变成最大的自然数。

所有的树，都是它的约数。
万家灯火，在灯火矩阵中温习朴素加法。

一定有一条直线将它一分为二，
让它在对称中循环，在循环中对称。

它在钟摆的射影中运动，无限
趋近静止的运动，六边花瓣的呼吸。

一定有一种透视图探入它的凸面，
在它的玲珑中找到剔透的悬轴，

直到它的偶然性在一束光里融化，
未知数插上火焰扇形的翅膀。

一定有唯一的完美公式来描述它。
在另外的坐标中，我们称之为命运。

等待的雪与错过的雪

来自佛罗里达的客机，降落在
银河里一串贝壳的正下方。

跑道两侧的雪，堆起白沙滩
迎候从机舱里飞出的海鸥。

它们的羽毛里还有涌动的潮汐。
还有一排排棕榈，从南方前往北方跳伞。

柔软的雪，有弹性的缓冲垫子，
托着你的脚，托着一直往下沉的桅杆。

在它的清冷里有太容易忽视的善良。
这就是它的热情：目送你离开，

独自在愤怒的风暴中出神，独自在
冰凌的阴影下给热带写信，

但从不寄出。我错过了第三场雪？
我错过了第四场雪？第五场雪？……

所有错过的雪，组成第三场雪。
所有错过的信，拆开都有美丽的名字。

夜空，月亮的螺旋桨翻卷云朵。
一场新雪，升腾在群星连缀成的航线上。

雪暴

号角，从午夜一直吹到天亮。此刻
激战正酣，此刻天空正疯狂投下伞兵。

他们已经不需要在掩体里潜伏起来，
他们早已粉身碎骨。他们是曾经

走到冥河边濯洗过脚踵的敢死队，
一手握着尖矛，一手攥着不着一字的遗书。

一边进攻，一边清理战场。
火山吐完灰烬，变成肃穆的风景。

跃出壕沟的雪，微型的大理石雕像
站立在河流切割出的棋盘里。

他们控制了所有的直线，所有的斜线，
把假想敌扫进冰窟般的棋篓。

浩浩荡荡的缟素之师：道路上
挤满了白车白马，一脸冰霜的禁卫军；

而一身白袍的教士在风中传播福音，
爱打扮的皇后，抚摸一面最辽阔的银镜。

只有一个黑衣老人在雪暴中铲雪。
这被罢黜的国王，从遗忘中抢救史诗。

贝壳与雪的对话

从清水湾捡来的贝壳搁在窗台上。
窗子外面，一簇新雪，抱团生冷。

这边，空气如海水，冲刷灯塔的防风帽；
那边，枯叶像被冰困在北方港口的船。

透过玻璃，它们就能看到对方的脸：
皱纹刻在贝壳的颊上，雪垂下严峻的眼袋。

贝壳说："我身体里曾住着一只
柔软的动物。"是啊，触碰过去是美好的。

雪说："如果用心看，我的毛孔
还在开花。"是啊，现在绽放还来得及。

贝壳说："星星曾坠入我怀里，
它向我描述过纵身一跳的眩晕瞬间。"

雪说："看那些翻卷的乌云，你可以
想象躲不过去的浪，随后会有清静。"

贝壳于是照照镜子：向外探的百合。
雪偎过来，拢了拢毛茸茸的翅膀。

这一幕，多么像盐和勺子在一起，
多么像耳朵，和轰鸣的白纸并肩歌唱。

在西半球看东半球的雪

那些该来的，还是会不经意地来。
有时候等待，只是想看那些终将逝去的

如何从手背上滑走。盼望中的雪
下了，只是落在别处。喜悦亲近了两秒钟，

但一碰就融化了。蓝色天空不喜悦，
也不悲伤，这是宇宙永恒的原因。

有时候远方的雪比近旁的雪更真切：
落在玫瑰和水仙的唇彩上，落在故居前

梅花的红晕之中。我从没有想过
擦上雪的粉底，植物的脸谱如此妩媚：

插着花旗的花旦伸腿踢开花枪，
水晶宫里的青衣，从嗓门里吊起银铃。

最后的声线，挑起帘子飞入后台。
巨大的孤独直直立起来——

我是说眼前这些北方的冬树，
叶子被候鸟寄给了南方流浪的歌手。

我是说从东至西爬来的崇山峻岭，
以及沿纬线向雪国驰去的寒潮列车。

飞雪夜舞

风中飞雪，是天生的舞者。

它们的脚，刚好塞进一只迷你水晶鞋。

没有光，就跳萤火虫之舞。
没有音乐，就从寂静中踢出节拍。

或许并不知道因何而跳，为谁而跳
可歇下来，就可能变成一堆白骨。

看哪，它们柔弱的身躯始终在旋转，
好像真的存在一个确定的圆心，

好像那才是从虚无中创造出的唯一，
而一袭素白，只是谢幕后就要退还的裙子。

看哪，无数的白天鹅，衔着芦苇。
挑起的脚尖逼向夜的深潭，那黑天鹅的阴谋。

跨过黑暗，有时只要破晓前的一个腾跃，
有时却要耗尽芳华，青丝换雪。

而广阔大地正在接纳坠落的舞者，
扶直她们的腰，在弹腿跳中迅速转身。

这将是稿纸上开始的另一舞段：
水滴般的动词，蹉步抛出句子的涟漪。

从此以后

从此以后，要登高，悲秋。
要从下山路中发现向上的蒺藜。
每一片叶子，都会变成蝉蜕，
都会在与时间的交锋中拔除肉身上的刺。

从此以后，要独居，驱虫。
要从白云的诡谲中窥见苍狗。
天空的一半，将倾倒整夜的雨滴，
直到黎明从第七个笛孔中吹出。

从此以后，要洗尘，降噪。
要让骨架里的白键发出玉的声音。
翻过一页乐谱，就到了低音区，就像
从江南迁居到江北，并难以重返。

从此以后，要打理一棵枯树。
要让枝干的旋转在那根轴上静止。
要忘掉遍地碎锦，满腔扶疏，
只为年轮找一支柔韧的笔。

从此以后，要逐渐放弃口述。
要写下而不是说出命运。
要绕到纸的背面去，辟出空地，
留给大雪之前从疼痛中蹦出的丛菊。

从此以后，要赞美秋后的天气。
要怜悯一部部史书里不如意的镜子。
要跨过冰面走到镜中去，不动声色，
暗自感激光阴折出的那道深痕。

（选自《汉诗·我的心里住着柔软的动物》，长江文艺出版社2019年2月版）

在时间的核中

/ 青蓖

我们坐在餐桌边

呼吸障碍的病人，唱着清脆的歌声
不知道哪种金属适宜
沉稳而干净，像每次肃穆的时刻
对自我的慰语。三个月后惊慌并未消失
她以微笑被束之高阁，爸爸坐在旧椅子上
我们坐在餐桌边

我们拥有过她，平常的女性
缺乏谈吐，乐于重复日常
她唠叨的时候我们都想躲着她
她孤单地站在窗前，也会令我们注视
按理我们依然拥有她
其中的座位

我们坐在餐桌边，煎鱼和血鸭
还有深不见底的沉默
这刻我们期待她的咀嚼，那么自然而然

感觉活着，伴着稍显粗鲁的声音
她愉快地等待我们享用完
那些不算美味的食物

暖暖的梦中人

她想起冬天穿过地下通道，盲目和恐惧
凌晨她又梦见了那个人，坐上一辆公交车
从车窗往外望。走在路上最后的片段常常显现
她会疾走，或干脆蹲身，假装胃疼把脸埋起来
三个月她竭尽全力，躲避去年冬天
经历较长的雨水，温度和春光慢慢回转
屋外孩童骑着单车尖叫，夹着鸟鸣和飞机
飞过天空的轰响。她不再提那个城市
以及分离的场所。有时想起地下商场买的假牙膏
一股子沙粒的感觉。她在光亮的地下通道
走过一间一间店面，走过一簇一簇繁盛
然后是那个凌晨，她躺在沙发上
在黑夜里望着墙上的那个人
她们登上一辆慢行火车，她还那么弱小
靠着座位被她圈进怀里
暖暖的光线从车窗照着她们的脸

探母记

握着竹竿绕开刚下窝的狗
沿山坡可见春笋，山下是块状水田
向阳开阔，斑鸠稠密地叫唤
正是阳光照耀，清风流溢
空气里充斥醒转的快乐

母亲的喜乐来源于习俗、稳定

和见闻，我们制造的惊喜
她眉眼含笑，对简单直接习惯已久
但在意我们的安排
屡次不知所以地快乐

她不会喜欢这些刻意购买的灯笼和纸花
但如此配合，等待我们的祭拜
她不是挑剔的母亲，对新奇之事缺乏理解力
我们这样安静地来，围绕在她身边
陪伴度过平淡无奇的一天

崭新的人

她提议：谈谈生活。好像天气谈论得够多
时间离他们远去。是那个在公众场所
隐蔽自己的人，终于在争取关注的目光
他在找什么乐子？她看他纵跃，在人群中满足
他必然不会承认偏离（但已臣服）

"好吧，我们谈谈生活。谈论生活又有何用？
众人保持水面呼吸，放眼都是平面所及，高个子
渐渐变成驼背，万物还是客观存在"
她因丧母蜷缩一团，也真实所感
所有安慰都有皮影的虚幻，那最热烈的
终究是语言。可是除了谈论，也只有谈论
让厌恶更深切，让所爱得以保留身后

雨夜

一只猫蹿出来，她穿着松垮的平跟鞋
正走下石级，雨后的空气有种蛋壳碎裂后
的淡腥味，低洼处的积水反着光

这里只剩冬季和夏季
一切都在变化，天气转换尤为平常
车辆驶过干燥或湿润的地面
凭经验就能分辨

每天都在增加经历，也在减少
对抗。暴雨、曝晒、寒冬，随气候而定
视觉所及，都是互为连通的道路
走路变得单纯

它们会开阔相迎，也会狭长憋闷
既无新意，也无需探险。双手插在裤兜
长途或短途，又有什么关系

听张阿牧《结婚》

如今又是秋光。强烈的光
蛋黄酥在卷草纹的盘子
我想给你吃。在记忆潭我喜欢青苔
我喜欢小动作，喜欢一直滑翔
像要准备离开。关于你如何取水和文火炖煮
烧尽水分，令黏糊糊的关系焦渴
我一直坚持这是对的

隐秘的事物因不可破解
那就搁置。到世俗中去，提炼我们
经历的苦和蜜，最终成为质朴的异端
这是缺憾，我承认，但也是自由

昨夜与朋友车行，谈起灵魂的纠葛
又看见那些秋光斑驳，我在为你剪指甲

甘愿是弱柳，又害怕风拂

如今再没有耳畔的小人。寂静的公路

只感到风徐徐而来，又蓦然隐退

不可得

下午一个男人载着她，他们去看舍利塔

重逢使谈话宽泛。重阳木矗立村口

荒弃的建筑和青石阶间隙，长满杂草

故人在诗词间。在这里，只有男人和女人

小心试探。故人在小说里，是青春朝阳

在社会中群聚而后分离。挑枋上那游龙和鲤鱼

左右盘踞，正如筋疲力尽的内心

总是胀满或干瘪。此时却不对景，想伸手

探向的人虚怀地留下空影

（选自《扬子江诗刊》2019年第1期）

万物生

/ 李敢

万物生

因为倦困，天地闷热，混沌沌的光芒迷蒙
叶绿是树的衣裳，没有风，河在树下流淌

除草剂，杀虫的敌敌畏，一些草绿着，一些虫子爬行
光膀子，大裤衩或在草木丛晃荡，呼哨低回，后激昂

一棵棵草长高：长成灌木，长成乔木

泊

秋天了，我需要有一个人喊我回家。
他是父亲。或者是兄弟

也好。在旷野的无边萧瑟中，一个人矮小下去，
没有一条河流在我身边流淌……

天地的中间，风在吹拂……白云无常，一个人时脖子越伸越长，

承受不了一只脑袋的重量。

我需要三两间草房，坐在门槛，一个人暗暗微笑。
我是父亲和丈夫，天日冷凉，我把稻谷收进谷仓。

黄金坠

时令小雪，银杏叶有压在胸腔的呼喊
阳光击打着光秃秃的枝条，黄金生天上，一直在下坠中

筑墓人，有八条汉子在从前，就叫相帮
在黄昏光着膀子。他们抽叶子烟，墓门口闲摆龙门阵

棺盖顶子上，大红公鸡直挺着脖子在从前，喔喔叫唤
它要死在半夜十二点，后吃进阴阳先生的肚子

天日越来越短
夜黑越来越长

走！我已经站直了——守在院门口
望你黑脸秋风般摸回家

沉哀书

我知道一个人在等我
万物在他身旁生长，死亡，再生长
他是孤寂的
他不说一句人话

他耕耘过的田地土质膏腴
埋在土中的铁终将化成一坨硬土
逝水回到云空

风吹扬着麦穗上的细花

他给了我微笑，又给了我一双眼睛的清朗
望我：忙生活。忙死
我不愿走上他经过的弯弯土道
夏天了，仍有细娃在田埂上，拽着一只风筝望风奔逃

一个人在田野嘶声叫唤

许多日子，他的肚子是空的
初冬的田地，萝卜青白着，灰灰菜有些微的苦涩
鸟卵在枝杈上
风吹横河坎，树枝桠在夕光中晃荡

那个站在田埂上叫唤吃饭的人
她不是你的老娘
打猪草的女子背着烂背篼，蹲在河边上，她不是你的姊姊

早晨，一群汉子走在河坎上
晌午，一群汉子走在河坎上
现在是傍晚，一群汉子黑着脸，走在河坎上

沙土微凉。汉子和婆娘在夜晚赤脚，走在横河岸坎上
拽着一些老不死的人
汉子的一只大手拽着他们的儿子

乌鸦与麻雀

到屋后的林子里，捡拾一点树枝
风从树林中穿过了
树的枝桠上，一些黄叶飘飘
一片，两片

大概有三四片，飘落到了林地上

风中有一把。两把。三把四把
镰刀一下一下地割
转过身体，他左半个脑袋在晕痛着

广阔的田野：黄油菜、小麦苗，在林外
姐姐举长刀。背着背篼，在田埂上急匆匆奔走

古坟场。
老河沟。
母猪沱。

落日血红
枫杨树上爬行毛虫

秋天的景象：
乌鸦
麻雀
一群在田野上飞
一群在坟顶子上飞

落鸟

一只鸟儿，从一棵树的枝桠上掉落下来
在落叶成阵的林子里
——我没有看到落下来的鸟儿
一棵树，不会在瞬间落光它的叶子

它一片片地落着
如果风大一点，树就多落几片叶子
最后一片树叶挂在树巅

一直没有落下来。一只鸟儿立在树枝桠上

像一片黄叶，从一棵树的一根枝桠上掉落下来
落叶渥厚，林地荒寒
承接住一只鸟儿毛茸茸的身子
走出柴门，她看到树上再无一片叶子

垂立在乱草横披的树林里
他没有找到落下来的鸟儿

垂老吟

坐在我身边的人还有谁？
我想听到你们说话的声音
我知道天已经黑了
你们再也看不到彼此脸上的阴晴

她拄着拐杖在慢慢走近
你们听得到她的呼喘声
她应当穿着老衣吧
她的十指，是不是仍留存着黑指甲的尖利

我知道你们的肠胃，收存去年的粮食
你们在流明天的眼泪
粮食和种子。和儿子，土路上一个个老冬瓜在逛荡
她在茨竹林拾柴火，她在场院门口哭嘴

今天晚上的月亮很大哟
月光照在我的身上。我也不觉得冷浸
她仅仅只是来看我一眼
我安静地坐着没有话说。沉默着，我也不喘息

柜中肉

一

你哭吧今日。天空下着瓢泼大雨
回家后，你蜷足在竹椅上，压抑住胸腔令人作呕的倦怠
但记住吧，两个日子：
1967 年农历八月十一日，和 1974 年的冬月初三日

我不记得当初你是否哭叫，但我能感觉到
你身子骨中的森森寒气，和凄惶
许多年过去了，那些时日的太阳一直埋在阴凄凄的云层
风在田原上吹刮，乌鸦呱呱叫嚷

二

柜中过年的冷肉。白色孝帕子缠裹在脑袋上
父，我记着
你有一件黑的灯芯绒衣裳，我没有穿过——已找不着了
我买过一件黑的灯芯绒衣裳，在四十年后

和你一般年纪了，我仍穿不出你身上的味道
走在外边，偏耳子草鞋没有声息
我一个人守着麦秸屋，偷吃柜中的冷肉
父，我把身体吃坏了，你不打我也不咒怨我

三

一生的冷肉，需要多少年的身体才能焐热，我受不了了
但我不哭。

趴在你的肩背上，望着一只只麻雀，在阴黑的田原扑腾着
什么人跟在我们身后？

一声声哭叫……他那么小，四肢着地爬不过张家的青石桥

但是父啊，你的脸为什么一直青黑着……

父，我记不住娘亲的样子，但我记下了刻在碑石上的日子
父，你为什么一直睁着黑如晨星的眼睛？

秋日阳光，把银杏树的叶子照亮

我没有栾树。没有马尾松。
我有金桂。
我有银杏。
我有红叶李，和两块田地的罗汉松。

我有成片的广玉兰花树。广玉兰又名荷花玉兰，别名洋玉兰；
木兰科、木兰属植物。
也名优昙花。花语：生生不息，世代相传。
适合参禅的人在树下打坐冥想。

139·

我的园子，每天都下落着一些雨，
花树们就一直湿着。
在蝉鸣中，一些银杏树的叶子黄了。它们需要秋日阳光
再一次把树叶照亮。

（选自微信公众号"一见之地"）

《仰山之四》
王煜
丝网版画
45×68cm
2016 年

《那春天》诗选

/ 弥赛亚

那春天

午后的玻璃

闪耀着流水的光芒

那棉花，朝生暮死

那温暖的浆果

总是过早地柔软、腐烂

少年一觉醒来

早生华发

朋友啊，你有滚烫而痛苦的幻想

我有一件旧事

想与你分享

我见过的马

最后一批从卡车上

卸下来的

不是煤炭，是河沙

天黑了，矮小的主人逛庙会还没回来

它弯下腰，驮走沉重的货物
所有注视过它的人都相信：
完全依赖一次幸福的跋涉对一匹马来说是多么渺茫

后

清晨过了是夜晚
结束之前，流水潺潺

你那么年轻
指头拈起落花
晚年才听见蝉鸣

滚铁环

高傲的铁环滚来滚去。
它有一张浑圆的脸，有着暗示的权利。
它的脚踏过落叶
从无到有，又返回原点。
它比落日更有说服力。它在秋风中
穿州过县，它比一个浪子到过的地方更多。
它使那个白净面皮的少年
浑身充满了烟熏气
它让一个老不死的地主更加浑浊而且言不及义。

切肤之爱

你珍爱的那双白网鞋
在星期天的下午晾干了
我想为它
扑上雪白的鞋粉

那时你还是只蛹，还没成为女人
你躲着雨露和落叶
看上去很安静，但你不能告诉我
安静的感觉

这么多年来，远山交叠着近水
你有宽广的过去，我有微弱的火光
你轻轻拍打我的肩膀
仿佛正午的蝴蝶穿过稠密的人烟

浮云记事

听说它栖息在北方
毕竟西散去
永远有用不完的忧伤

乌鸦拽着余晖
往南斜着飞。只有不停地划开
积雪的痕迹
死亡危险过于草率

火箭速度缘自中庸
微风吹不动固定的云
落日的情人
诉说今日听不懂的言语

假寐但是入梦
适用于对一首诗的曲解
这是对苦闷生活另一侧的赞美
他终于举起手来说："我是一片云"

一宿觉

把脚晾在被子外
炽热的冻疮
提醒我肉体尚未结束
通过污秽的火焰仍将继续行走

这并不容易
夜还长，梦已醒
溃疡的风
里面仍是风
人生辽阔，容我微微蜷脚

差一个

差一个，单就成双
差一小块碎片
就可以拼成一个圆
寡妇差一个伴侣，故事差一个结尾
三个桥墩差一个桥面
挖出来的煤炭，差一把火焰

果核差一堆肉
一本书差了某一页
鱼钩差一个饵，沉下去又浮上来
累积的沙，差一颗变成塔
他这一张脸，差了一副表情
我差一点点就老了

总是差那么一点点，够不着
盛饭的碗
又多了一个米粒大的缺口

羊有齿

一条石头垒成的路，连接到
山顶的寺庙
两旁的蕨类植物
横向生长，越茂盛越悲哀
迟早成为动物的食粮
父性的阶梯，母性的草
浑浊的肉体，劣质的肥料
一头羊有一个锯齿状的人生
它的声音干干净净
又白又脆弱
像天边的云朵，终究变得黏稠
把它切碎，搅拌，摊开
这是我们的馅饼，也是它们的苦果

甘　草

在一本书的封底上写字
纸是黑色的
笔芯也是黑的
写完后看不见
如果侧对着光，字迹清楚了
变成了银灰色
我写下的是"甘草"这两个字
甘草也变成了银灰色

细雨洗朱砂

我爱在伐木工人离开后
一棵一棵地

数树的年轮

森林迷幻，墓碑依旧

远处的楼台凸现倾颓气象

我如同埋在坛子里的酒

至少减轻了一半

道士下山来，遗留在民间

自己先模仿自己，为工人画符

桃木旧了，须等细雨洗去朱砂，成就无为之躯

的确良

我与他交换了信物，在街头

把一堆落叶点燃

然后各走各的

人流轻易地穿过我俩，像缝纫机的针线

穿过夏天的衣服

我们多么薄啊，像晾在竹竿上的一匹布

透过这面看到那面

他拿走了我的病历

我带回了他身体里的风铃

但那属于过去的安慰稀松平常

但这反复交换的信物不是的确良

阴郁鹅

三头鹅，站在地板上向昏暗靠拢

它们静静地伸长颈项，好像离你很近

兄弟，你为什么也一言不发

莫非是异物入喉，天将大旱

你看春天的瓷器冰凉，春天有沉沦的倾向

草木空了，蝌蚪远去，天边飘走一朵云

鹅们很清楚，这季节干涸，会现出背影

眼前事如万古愁，欢娱抵不过一丛溪流

查无此人

伞下的世界
凡人在游动
雨花一朵一朵地开
不真实的植物，亦不虚幻
鞋子走过了多年
路还在，但底子已磨穿
双脚沾满泡沫的人
从海上归来，又消失在人海

杀鱼时剥开的鳞片，午睡后松开的四肢
都在露出他们雪白的肉
黄昏放牛的孩子，在太阳落坡之前
总是泡在温热的河里
曾几何时，我们每个人
都拎着一个暖水壶，走在回家的路上

开始的确是这样，后来变成那样了

我从白发里抽出青丝，还给你万念俱灰。
还给你杜鹃的春心。
还给你无端之水流不尽。
拍马莫问前程，
还岁末以浅雪，还黑漆于棺木。
还给你两头不到岸的尴尬。
开始的确是这样，后来就变成那样了。
还你流氓的寂寞。
还你负面的山水。
海上花还给海底鱼，一丈青还给半匹麻。

蛙鸣还给深井，黏土还给熔炉，芝麻还给馅饼。

航海日记一片空白

还给你遗失之岛和极昼之夜。

还你黄金锚和满天星。

后来的确是这样。我拿走了什么就还给你什么。

我把灯火还给寺院，把荒芜还给田园。

把桥梁还给藏死的河流，把白银还给冤枉的自由。

垂枝还给根须，灾祸还给证据。

还永生以饮鸩而死

还宝藏以失踪之谜

旧时辘轳兜兜转转，早晚归于一梦。

我把初衷还给始终，把乌牛还给吴钩。

把惶惶前世还给滚滚今生，把长河一落日

还给肝胆两昆仑。

静水深流记

浪花永远奔腾在水面

而河流深处

藏着一个死寂的废墟

大雾弥漫，鱼虾默默迁移

桥的另一端不知伸向哪里

在碎玻璃中，廉价的水结成冰

有时化为失忆的雪

健忘的霜、低于云端的雨

我猜，它们都是来自同一片水域

小时候，我们折过那么多纸船

却从没有真正让它们航行过

汪洋中没有一条真正的船

只有无数只

乘树叶过河的蚂蚁

片瓦遮头记

你有多久没坐过一列闷罐车了
你有没有看见
屋顶的瓦缝有棵草长了出来
当旧屋翻新，当慢车开来
爱过的人向你招手
就像窗户已关上，蜂窝煤还燃着
锅里的水就要烧开

所以别再逃了
哪有什么永恒之地
檐雨落了整夜，幸有片瓦遮头
我以为忘记了的都不曾发生
埋下的都是腐朽的丝绸
好吧，我承认地底会长出新的东西
这死神的馈赠
像我们扫墓归来，在路旁挖出的春笋

（选自弥赛亚诗集《那春天》，长江文艺出版社 2018 年 11 月版）

《世间多么好住》诗选

/ 邓方

树上的果子轮流结出

　　水中的鱼
　　树上的果子
　　都是我们的食物
　　水中有七种鱼
　　树上的果子轮流结出

世间多么好住

　　我拧衣服袖子里的水
　　落下清凌凌的水线
　　水是我喜欢的
　　又是日常的
　　有很多日常之物
　　为我喜欢
　　炭火
　　此刻夜晚的微凉
　　所以呀

世间多么好住

星辰也给我们安排好了

霜花压在松针上面

亮的蜘蛛网

丛竹，树枝

每一阵风传来细微声响

清空天气

地上的花啊

有的开在树上

有的开在地上

虫类有声

草木荣枯

世间多么好住

地上这么多房间

风轻

花近

树叶新

雨织罗网

光锈金边

地上这么多房间

我以千克之躯栖身于此

我在这里

吃饭，睡觉

穿衣服

过了很多年

我们一粒草籽都没有带来人间

中间部分

最好的东西
我没法写
我写那些属于中间的部分
晚霞煮水
人间点灯

谈生活吧

谈生活吧
生活是弯曲的
钢梁的事实

谈生活
小鱼的生活
肉末的生活
青菜的生活
米和面条的生活

在犬牙交错的楼梯
我们多绒的交谈
长满刺
我们多刺的交谈
开着柔弱无骨的花朵

草们结着深邃的籽

草们结着深邃的籽
稻穗金黄的，垂着头

金黄是喜悦的节日的颜色

托田间稻子的福
才有五点钟的火车坐上我们
回到中秋

炊烟
小河里清洁的鸭子

苍翠的暮色中
结着路灯的果子
人间美好
我们活着
需要祝福

缓慢

那些树木溢着
缓慢的绿
一直抵达我

这是雨后清冽的四月
只有活着一件事可做

叫我姐姐的人

叫我姐姐的人
我会照顾他

叫我老婆的人
我给他洗脚
穿袜子，并把他
关在屋子里

情人，我在风中哭
祝愿永世不要再见

我的父亲
我用双膝
把他坟头的草铲平

儿子
我不知道怎么办
我拿出来
交给别的女人

雨在笑

树枝上挂着雨滴
动物们都很孤单

雨在笑
路上的人不喜也不悲

雨下大了
笑出了声
路上的人无所谓

雨下得均匀，有力
青草在呼吸
青草有洁净的肺

棉白

一件洗净了的布袍
棉白的

挂在太阳底下晒
看一看晾衣绳
你就知道了
它是按照我的身体形状缝制的
你们说的话
在树叶下面响
空空的
我都能听见

我一个字一个字写着

房屋面向我的墙面上
写着大字的
治结巴
野外开满了野胡萝卜花

就在这时
火车车头坏了
火车缓缓地停下
停在野外铁轨上

白色的花哦，气味浓烈的花
火车那是我坐坏的
我一个字一个字写着
写一个字要停顿一下
我用了很大的劲

手的声音

不要谈论爱情
在一起
安安静静过完人生

那些无耻之徒
那些矫情的东西
那些整日哼唧爱情的诗人
口吐秽物
把他们丢到河里喂鱼
把他们杀了祭神
还要他下辈子做哑巴

爱是总能够
够得到他的手
是足够安静
没有人听到手的声音

花

我没有说花
花就开了
我没有说
语言退后
让给那些花

是什么维系了我们的一生

那使你爱上我的
也会使你爱上别人
这总会
让人有一些别扭

这会儿风吹得正好
风在我的屋子里兜了一圈后
没有找到歇脚的地方

它摇了摇我的草帽
就走了

阳光下，雨水中
我们可以过得好
我们为什么不
是什么维系了我们的一生

跟平常一样

总有一天
这天跟平常一样
这天没有什么征兆
你听到别人说
我不在了
我们常常听到别人说
某不在了
我们悲伤
但我们有别的事要做
我们没有放下手中的活

（选自邓方诗集《世间多么好住》，长江文艺出版社 2019 年 1 月版）

《照见何物是何物》诗选

/ 刘晓萍

小周天

1
每一根骨头中都有一枚针在挪动。

我说陶然亭，它退一步。
我说鳄鱼池，它进一步。

它们在竹林中三针合力。
在桃林中十步断一骨。

这骨缝中的游戏，
或得到重复，或有所变化。

2
四壁内，无非砸碎几面镜子。
而，更多的镜面与猛兽一起复活。

我坐在这里，无动于衷地让云雀取走一对翅膀。

我坐在这里，已没有镜子可以推杯换盏了。

风信子已换上我贴身的华服。
她开始回忆这个梦，假装四壁已不复存在。

大雪书

三十九年
从身上抽走的
刀，均已沉默

雪又落下来裹紧一切
沟壑和坑洞看上去都是坦途

大雪过膝，刀也生出光来
照见一个人被洗劫一新的骨头

密室观奇
——致弗里达·卡洛

室内，多刺的藤蔓正在开花。
这无人经过的四壁，
风从沙漠而来。它怂恿这雌雄同体的
热带植物。在室内排遣孤独。

它们变化。制造密室奇观。
有时是箭镞。有时是绷带。更多的时候是十字架。
它们拒绝交谈。拒绝在荒芜的日子中
设置另外的游戏。

一个，在寻找另一个。
更多的失踪者和寻觅者，在密室诞生。

她们有同一张脸。同样的严峻和
悲凉。既不被美化也不被贬低。

阔叶植物穿过她们的身体，逼近蓝天。
藤蔓时而化身黑鸟栖息肩头。
时而串成项链锁住咽喉。时而成为残肢攀住
耳朵。它想得到怎样的隐秘？
这谁也不能接近的孤立无援的裸体。

室内，有太多空洞
停满枯枝。最大的空洞正在生长更可怕的新藤。
她总是从失踪者中看见自己，
她们朝不同方向扭过去的上半生和下半生。
一个无力改变命运的人
早已将幸福的入口忘得一干二净。

室内，不安的镜子彼此打量着对方。
这不能和解的面对面的时刻，
再次在藤蔓上开出新花。所有的失踪者和
寻觅者都在分享同一张生命流程图。

我分不清那些多刺的藤蔓，是你的，
还是我的。你死了这么久，
还是没有人能将你埋葬掉。
严酷的时刻到了，你就复活了。
你这个受难者，犹大身边的女祭司
用铁钉。镜子。轮椅。枯枝和
易碎的钴蓝色。为那些被悲伤击倒的人们
发放均等的良药。

在驿站

为我不能说出——
我接受朝向心口的这一记闷拳

新月经过湖水就碎了，垂柳等待折枝
只要还未远离自己我们便拥有彼此的地址

信，不需要任何笔墨
微风迎面而过，就像一声叹息

梦的十四行

1
我的篮子空了
枫香驿[1] 还在翻山越岭的密林里
小脚的外婆依旧光彩照人
半生没入湍急的河水

我提着空无一物的篮子
苍白虚弱。枫香驿像一名战败的卒子
看我，在废墟和浓夜中经过。
被时日点亮的灯盏正加剧止息

我不得不从那间精疲力竭的书房出来
火和灰烬，
已送走我想要收集的词语。

紫荆花树虬结在秋后的院落里
成为泥土的枝叶和花瓣，在更高处

---

[1] 枫香驿：作者母亲的出生地。安徽皖南大别山山脉的一个小镇。

箭镞一样飞翔。

2
还是那几枚钉子
钉住了瞀书人。蛇说。
我在一个漏洞百出的故事上
醒过来。铁像湾[1]闻风而动。

三十三年过去了
蛇更换过无数次身子
依然风情万种。我还在梦中
来回抽动那根缝补铁像湾的纱线。

蛇一次又一次出卖故事的续篇
年复一年
钉住那个越来越远的望乡人。

沉默的父亲提着生前的账本站在铁像湾的决口上
命运的四轮马车
已翻过最高的山脊——

3
多少离奇的风景,
在凝视你的那面镜子里
凝视我,是一株带刺的花。
对于一颗虚无缥缈的心

这是最美丽的事。
假如时日之谜终将服从于玫瑰,
你将永远也看不见镜中的失而复得之物

---

[1] 铁像湾:作者的出生地。安徽皖南大别山山脉的一个小乡村。

那过于簇新的虚无。

镜中的相遇
擦身而过火的修道院——
我们生命的花冠的界限。

我让一首诗潜入镜中:
她蝴蝶般蜕变昼夜的翅膀,
她漫不经心住在闪电中的耳朵。

4
很快便是春天。
丁香急迫着复活。
没有人料到
风起,催促流水东逝。

五年已过。
流水注视着草木,
在山冈上枯荣,
并用衰老裹住我周身。

一缕炊烟缓慢飘进晨曦。
一如我暮晚的梦的面纱,
在正待新绿的禾田和波光闪闪的尘土之上。

我身依河堤,
流水猛然卷起浪花,
让往昔再一次灵魂附体。

5
黑暗中。我将双眼再蒙上。
夜不可观而他们都在心底

闪闪发亮。这无法统一的
世界，有统治她的猛兽。

多年来我唯一的乐趣就是
照镜子。她重申了生命的消极性。
在不断重复的夜和虚无之间
她将缄默像稻草一样抓在手中。

我是所有光线聚拢过来所消失的那个顶点。
有太多峡谷在镜子的背面
拥有更有力的现实。熟练地使用刀锋。

但那个盛开玫瑰的峡谷从何而来？
在归乡路栅栏森严的入口。
在深不可测的底部最纯净的高处。

6
我正在读一部小说——
秋千将斜阳往回挪动了二十年。
我依然在你梦里，你依然在我身边
明亮如一颗触及永恒的星球。

我想看翠鸟逆向流水的飞行。而
暮色让它的翅膀越来越暗。
这之前，我们身依香樟
在防波堤上完成了一场对抗虚无的摄影。

岩壁耸立在对岸。而
在这馥郁的小径只有翠鸟的鸣声。
蓝蝴蝶伸出欲尽其味的舌头
这人间即景让流水诞生了另外的节奏。

一想到岩壁，我就多出几分破壁的勇气。

几个从钟声里逃逸的词在此相会：花朵，屋宇，港口和爱。

五个白鹭

1

梯子还没有触到屋顶

雨还没有使河水决堤

秋风还没有快过剃刀

你还没有打开笼子。

你来到我的镜子里

黑洞一样斑斓夺目

2

你发一个单音

你只有一个声波

你跳过密密麻麻的耳朵

你的提琴常年住在雨水里

为不能成为那个修补断弦的人

你停止了正在写的一封信

3

你坐在这里

凝视着窗外屋顶

有人从神那边来

他有一个口信：

"用忘我呼吸，

填满你的外衣。"

4

宽恕翅膀里的飞针

宽恕压在舌头上的石头
宽恕井沿边的手
宽恕没有稳定结构的耳朵
在你学会宽恕前
你有什么力量？
缀满铁钉
独自出入上帝的秣槽上

5
越过柳树
冬青，大叶黄杨，落叶松和马尾松
也越过灯塔
夜宴的窗口和欢爱的窗口
这暮色正好清凉
你只有一声低鸣
微风吹动了所有枝头

167 ·

十字架与槐花

钉得再深些。
再深一寸，就可以重生了。

这些从十字架上拔出来的
铁钉，已经有了新光芒——

上帝是黑暗的。
他是在所有光芒用完一生后注入内心的突然黑暗。

槐花如烈焰。
照亮万物，那极度的苍白色。

（选自刘晓萍诗集《照见何物是何物》，北岳文艺出版社 2018 年 11 月版）

《少女和理发师》诗选

/ 熊曼

暮　晚

衣服洗净后被悬挂起来
在风的吹拂下变轻
变轻的还有人
仿佛体内的灰尘和污垢
被带走了一部分

风信子开花了
这是一年中它最好的时候
接下来它的背将弯曲

除了填满肚子的焦虑
还有什么令人不安
从这里望出去
落日正滚下对面的房顶

春天对于人群有着秘密的吸引
莫非召唤

来自那青草茂盛之地

野

钻出水面的野鸭，抖擞羽毛时
飞溅出的水珠，是值得注目的

一卷旧书的中间部分
谓之野史，读来令人荡气回肠

我曾从野外带回一包泥土
因为没有合适的种子，只好让花盆空着

某日那里冒出一抹绿色
夏天来临时，红色浆果挂满枝头

野生的，神秘的，旁若无人的样子
我一直惊异于自然，那无处不在的力量

祖母昨夜来看我了

她站在床边
先是摸摸我临睡前泪湿的脸
然后走出去
她的腿脚不太利索
我追上去
在一片开得茂盛的油菜花田边
她停下来冲我
挥挥手

刚下过雨
空气清冽而甜蜜

我的手指碰到一颗油菜上的水珠
冰凉的触感
迫使我睁开眼睛
室内寂静如初
隔着窗帘
我听到雨水拍打塑料雨棚的声音

野　花

在鄂东南，墓碑比荒山醒目一些
墓碑上的纸花，比田野里的小花鲜艳一些

在鄂东南，那么多的野花约好了似的
在游子归来之前全开了

在鄂东南，野花会引领着人们
穿过高低不平杂草丛生的土路
来到墓碑前，跪下，磕头，流泪

井　水

她压动水泵，井水自地下涌出
方圆十米之内，蝴蝶来过，留下断翅
青蛇来过，留下蛇蜕，落叶来过
留下新鲜的腐烂气息。阳光从枝叶间漏下
落在她的侧脸上，两根绞丝银镯
被套在她雪白的手臂上，随撞击
发出"叮叮，叮叮——"之音
像人世间寂静的回声

芒　种

从地铁站出来，一只伸过来的空碗
令我的惶恐比它的主人更甚
黄昏时迷途的小动物
我走它也走，我停它也停
却不能带它回家，我的局限比它更甚
枇杷树昨日开白花，今日挂黄果
一生中最闪耀的时辰，我每天仰起脖子
用目光爱抚一遍

如　果

如果你有过这样一位小学老师
他瘦削，温和。穿着整洁的旧衣裳

曾用矜持的手，抚过你的额头
令你止住哭泣。教你写字，读诗

在午后拉起二胡，琴声溅落在池塘水面上
在多年后的今天，依然击中了你

如果你抬头，看到太阳又新鲜又陈旧
照耀着堂前草，年幼的心滋生了莫名的忧伤

如果你忘了他的名字，但不能阻止他的影子
在眼前摇晃，像路旁的树枝

如果……请立刻动身，去寻找他吧
即使他已离开人世

读一个人的传记

她感觉到饥饿
于是往体内塞进
异乡、书籍、药片和男人

借助这些
她得到了短暂的慰藉
那时她年轻
只信仰爱情

后来她走在人群中
看见每一个婴儿
都像她杀死的那个
落日盛大
但不再带来安慰
更像是某种忏悔
在每一个黄昏
等待她迎头撞上

她带着忏悔
行走在人间
她是自己的
一小片阴影

雪的两种时态

雪平静时，落在青瓦、竹叶、断桥上
雪暴怒时，变成冰雹
砸在玉米、高粱、小麦上
一个农民抱头痛哭

雪落在断桥上时
像一幅水墨画
雪落在乡下教室的屋顶上时
风从没有玻璃的窗户吹进来
被冻僵的小脚丫痛又痒

清　白

祭拜完亡人后
女人们捡拾起悲伤
去了田野。一小片白花
和更多叫不出名字的绿
安慰了她们

年轻的男人们，相约着
去了从前的水库
水面安慰了他们

他们分别带回，鲜花和鱼
花被插进瓶里，供奉起来
鱼被洗净剖腹，躺进锅里

他们围坐着，像从前那样
品尝熟悉的味道
味道安慰了他们

没有人说话。暮色涌进来
栀子在开放，香气和虫鸣
安慰了他们

挽　歌

总有一些星星，在角落里黯淡
总有一些种子，在地下低泣
总有一些花朵，提前腐烂

总有一些坏爱情，像星星，像野花
随处可见。像隔夜的饭菜，见到的人
叹息着，捂着鼻子走开

总有这样，或那样的意外
令我们分开。不一定是生死
也可能是，人心的叵测

宿命的雨

那落在池塘里的，成为池塘的一部分
那落在树叶上的，成为空气的一部分
那落在车窗上的，成为唯心的一部分

速度使它变成急促，潦草的事物
江汉平原的八月在窗外一闪而过
炊烟被氤湿，绿色摇摇欲坠
我看着它们不断落下，一颗颗精子
在奔赴人间的途中，发出了潮湿的叹息

安全距离

大量的人涌上街头
大量的汽车尾气在排放
大量的房子，空置的，拥挤的，温暖的，冰凉的
大量的词语，在海水里漂浮着，碰撞着，寻找着

我需要站在远一点的地方
与你们彼此打量，并视对方为异类
我需要将自己投入枯燥具体的生活
并在手心里藏一枚绣花针
以便刺疼麻木的神经

购物癖

她爱上了从茫茫麦田中
拣出金黄饱满的那一株
不喜欢了也没关系
点点鼠标退回或者压箱底

可她不能退回一个过期的爱人
和一段开始变质的关系
她舔舔嘴唇，干燥感攫住了她

上楼时她会看一眼那棵
绿得有点不耐烦的柚子树
它的花真香真白啊，可是谢了

天阴着在等待雨还是晴？
茉莉在暗中积蓄力量
她在拆包裹。她拆包裹的样子
像拆一封情书，根本停不下来

（选自熊曼诗集《少女和理发师》，中国青年出版社 2018 年 9 月版）

《如山之四》

王煜

丝网版画

48×70cm

2016 年

泉子推荐诗人：孙苢蓿

/ 泉子

日常从来是诗的最肥沃的土壤，孙苢宿的这组诗恰是一个明证。

《浮生记》起于一次对酣睡中的母亲的凝视。记忆徐徐展开："我的电影持续着。"逛公园时，母亲"爱站在徐向前的字前，站在那些文化石头旁，/ 摆出青春的模样，让我给她拍一张。/ 她希望有一张与人民英雄纪念碑的合影。"或许，在母亲眼里，徐向前的字、文化石头与人民英雄纪念碑都是不朽的，合影恰恰是一个普通而卑微的人试图与不朽发生联系的一次努力。可诗人说："我们常常有纪念碑。"她们的纪念碑是母亲"亡故的父亲"与姐姐——"一个遭遇暴力和不幸的农村妇女，却一直 / 把毛衣分给所有的人。"一个被伤害却坚持去爱的人是值得成为一部小说的主人公的。母亲的请求被诗人的理性拒绝了，"可这只是普通的事，只是因为我们 / 在地上、在天上的血缘让我们 / 紧紧地抱成一团，只是因为这血缘，/ 把我们的一生，捆在一起哭。"而诗终于帮助我们找到了一种比血缘更稳固而隐秘的相连。

《她所说的王翠菊，我所说的久石让》同样起于一次傍晚的散步中，母亲对往事的追忆。那些家乡的疯子，"一个乡镇会在夜间，把当地的疯子 / 用卡车运到另一个乡镇。"这些疯子有的有名有姓，就像母亲所说的王翠菊，我所说的久石让。而更多的疯子是无名无姓的，他们是"那个跛了疯子"或"庞畈的神经病"。或许，他们同样是幽暗中的我们自己，是那些不断在这些诗行间苏醒过来的，我们生命中密布的暗疾。

　　这是一组记忆之诗，或是一组经验之诗，这是一组与我们生命中那些说不清道不明的感伤有关的诗，这同样是一组寄形而上的思考于日常的诗。

　　或许，这组诗歌的意义还在于昭示了，在一首优秀的诗中，所有的叙事恰恰是为了帮助我们更好地说出那些隐忍而克制的激情。

孙苜蓿作品

/ 孙苜蓿

在夏日的暮晚中唱歌

如今我可以在夏日的暮晚里唱歌
不说话不恋爱也不写诗
我就站在自家的青菜地中
放声地随便唱一首什么歌

暮归的人吓坏了
"完了，这个人一定疯了"
嗡嗡的声音越过栅栏
但丝毫不能影响我的好心情

我现在就要告诉你们
我就是要站在菜园里唱歌
唱着唱着天就黑了
我就要变成一只鬼
灵魂毫无障碍地穿行在
你们永远也看不见、越不过的地方

浮生记

她还在酣睡。暂时把脸背向命运。
暖春的风把我们的门吹开了，轻轻地。
我的电影持续着。
逛公园的时候我们拍照，
她爱站在徐向前的字前，站在那些文化石头旁，
摆出青春的模样，让我给她拍一张。
她希望有一张与人民英雄纪念碑的合影。
可我们常常有纪念碑。
清晨散步的时候，她想开口却又把话咽回去。
我知道她想说她亡故的父亲。
她说她总觉得有一些事没有做，原来是很长时间
没有给她的父亲打电话了。
她又问，我有没有梦见过他，她对自己
从来没有梦见过他，而不安。
她又提到当胡老师为她拿来一件御寒的衣服时，
她一下子就想到她的姐姐，她还建议我
把她姐姐的事写成小说——
一个遭遇暴力和不幸的农村妇女，却一直
把毛衣分给所有的人。
这个人物够典型了，她说，适合写出来。
可这只是普通的事，只是因为我们
在地上、在天上的血缘让我们
紧紧地抱成一团，只是因为这血缘，
把我们的一生，捆在一起哭。
可已经不会哭了，有的只是一盘青椒
等待着被自己的妄想打翻。
我们两手空空，只能互相牵着。在世上走着……
我看着她在床上睡熟了。我还将注视她的一生。
春风忽然就来了，春风带走我们浮生中
多余的东西。

她所说的王翠菊，我所说的久石让

在傍晚的散步中，母亲会说一些遥远的人和事。
昨晚，她突然说起了家乡的疯子——
山七镇的疯子，都是从别处运来的，
一个乡镇会在夜间，把当地的疯子，
用卡车运到另一个乡镇。
有一年被运来的疯子当中，
有一个是县政府的公务员，她叫王翠菊。
她的嗜好是抱着石头砸大街上的女人。
也会在夜里突然敲你的门，
告诉你，她忍不住要杀了谁。
从此王翠菊便成了小镇头号被嫌恶和惧怕的对象。
冬天的王翠菊，睡在桥洞里。
母亲插了一句题外话：疯子不怕冷。
疯子通常感觉不到冷。
我很怀疑，因为我们谁都没疯过。
就像我们谁也没死过，不知道
是不是死了之后什么都没有了……
母亲还列举了其他疯子，但不是
每一个都有名字，其他的只能用"那个跛了的疯子"或
"庞畈的那个神经病"代替。
就像近来刮了很多风，但不是每一阵风都像台风那样，
会有一个认真的名字。

我和母亲走在这异乡的诗行上，
谈论起家乡多年前的尘土。
她所说的无数个王翠菊，让我想起
我不断遇见的久石让……
我们的诗歌，在收尾的时候，
必然要转化成总是重复的日常戏剧。

我们还要沿着这街边的光，回到家。

我和你

常常会遇到鬼。我毫不怀疑，
我总是携带着它们，来到生命的
每一个细小的阴暗的角落。晚上
我躺在床上，无法停止害怕，
更无法停止的是那种
要与它面对面撞见的期盼与窃喜。
鬼故事已经复述过许多遍了，我在歌声里
听到过它们的笑声。
你害怕吗？这一次，它们真的
就要来了。超过三人以上的酒杯间
就端坐一个没有言语的鬼魂
它不是王尔德，不是雅辛托斯
他们死去多年，他们如何相爱，如何来到我们身边
我无法向你描述，但你感觉得到
你已经感觉到了，这鬼魂
毫无疑问，在你和我之间
来回游荡。至少，我常常撞见，
我突然抬头，我转身，我一个人
在令人窒息的淤泥和迷雾里
我宁愿被附体，宁愿神经病一样
喊出什么东西。

八月

我从来没有见过大海，我只见过
站在大海跟前的父亲。
他面朝着我，背对着大海，
穿着红色夹克衫，右手总是夹着一根

1992 或 1994 年的香烟。

那时候我是山七中心小学的少先队中队长。

那时候我家住在山七镇政府的机关大院里。

房子的背后是一条很小很窄的河流，

夏季涨水的时候，我常倚在窗边，

看面前河流泛上来的黄色浪涛。

想象着父亲在漳州的海前，他所见到的波涛。

小河泛上来的甚至不是浪涛，那只是一些倔强的小水花。

我想它们撑死了也见不到大海。那些浑浊的河水，

最终流向了哪里？

这几十年来，我所见到的父亲，总是在同样的机动车方向盘上旋转。

无论是他站在大海前，镇定自若地面对着镜头，

还是近来我看到他眯糊着眼睛，斜靠在沙发上，

他一样不能停止旋转。

父亲青年时的志愿是成为一个军人，

他一心渴望大踏步地向前走，而不是原地踏步。

但上天扔给了他一个旋转的罗盘。

这是上帝的罗盘，我们是上帝的陀螺。

父亲对这样的安排早已接受了，就像一朵愤怒的浪花，

狠狠地砸向岸边，最终还是回到了大海。

我从来没有见到过大海，但这些年来，

我一直走在父亲的海边。

他微笑着。他的身后是几十年愤愤不平的青春。

这时光早已静止了。他仍在竭力向他的女儿隐藏，

那些人世的浪花。我在海边行走，我不能将视线

从旋转着而一直微笑的父亲脸旁移开。他沉默着，

我继续在行走，我的鞋子被打湿了……

向上的耶路撒冷

暮晚下这一群拖拉机载着的小菊花。

这一群匆忙地赶着去装饰节日的

金黄的小姐妹。
为什么不把它们倒置着放。
为什么不让它们头朝下。

暮晚下这个匆忙地爬着旋梯的人。
这个一心想挣脱自己骨头向上的人。
为什么。

暮晚下这些正在抬头的我的兄弟。
越向上，越苦痛。

她的小女儿是

质量、速度、黑翅膀
是日历、马达、小柴油机
轰轰烈烈的旧铁轨
最单独的那一段

读经诗

我们聚会的那座楼上
有好些灯烛
有一个少年，名叫犹推古
坐在窗台上睡着了

孙苜蓿

很多人念不好它的名字。在乡下
它只是众多的牛羊的粮食之一
很多人也不认识它开出的紫色小花
在春天的田埂、庄稼人的屋后
在尘土飞扬的大路两旁

很多人没有尝过它的味道，因为
很多人活着是牛羊的面孔却没有
牛羊的胃口
很多人不赞同它开花的方式：
太泛滥了，太低贱了
不择路途，不值一提
很多人，很多很多人
看不见它托出来的天空
他们像地主一样
漠视身边的草民

所以，在这浊世
很难遇到一个人
配爱上它
配因爱它而成为它

诗的修辞与意义实践

/ 耿占春

一

修辞并不是一种纯粹的技能，修辞是一种意义实践活动，与某种社会实践密切相关，它既维系着生命内在意义的生成，也维护着人类交流的丰富性。这一活动处在集体图式（或集体象征图式）与个人感知（或个人感受力）之间，集体图式为意义实践提供了相对稳定的参照框架，个体感知则赋予修辞以即时性的生活语境或偶然的经验语境。集体图式的过度固化会导致意义的僵化，反过来，如果完全缺乏话语共同体所共享的意义参照框架，个人感知则会陷于紊乱。这两种极端状况都会使意义活动归于无效。

集体图式并非总是创造性的，或一定会有利于个人及其社会性的意义实践。支配着意义实践的是什么力量？修辞活动处在什么样的意义参照框架之中？换个表达，个人的修辞方式或社会性的意义实践处在什么样的支配性语境中？

一个极端的情形是，语言被收归国有或集体所有，语言的集体图式及其意义实践被国有化或集体化，在这一极端情况下，个人的修辞活动必须从属于集体象征图式，个人修辞像私有财产一样被禁止或成为原罪。这里引用一个诗人的例证，昌耀 1957 年写作发表了被称为《林中试笛》的两首小诗，其一是《车轮》：

在林中沼泽里有一只残缺的车轮 / 暖洋洋地映着半圈浑浊的阴影 / 它似有旧日的春梦，常年不醒 / 任凭磷火跳跃，蛙声喧腾 // 车队日夜从林边滚过 / 长

路上日夜浮着烟尘 / 但是，它再不能和长路热恋 / 静静地躺着，似乎在等着意外的主人……

　　无论在青海还是内地，那是一种常见的木轮高车，或许是破损之后被扔在了路边。作为诗人早期习作，诗写得很一般，不过是对事物或感觉现象的一种写生，或稍稍增加了一点思古之幽情，据说这是诗人在深入地质勘探队员生活时的瞬间所见，他注意到林中沼泽一个残缺的大车轮，把它以写生的方式书写了出来，即使仔细检查字面意义或象征意义，也没有任何反对什么的意思。再看《林中试笛》的另一首《野羊》：

　　　　在晨光迷离的林中空地 / 一对暴躁的青羊在互相格杀 / 谁知它们角斗了多少回合 / 犄角相抵，快要触出火花 // 是什么宿怨，使它们忘记了青草 / 是什么宿怨，使它们打起了血架 / 这林中固执的野性啊 / 当猎枪已对准头颅，它们还在厮打

　　据说这一情境是来自于一位猎人的讲述。但在当时的社会语境或集体象征图式中，有人对昌耀提出了质疑。他因这样两首并不成熟的小诗而罹难。在那个时期的集体图式中，"车轮""野羊"几乎不可能被作为一种客体来看待，而被视为一种逐渐固化起来的观念象征，现象世界的描述没有作为个人感知被阐释，而是作为确定无疑的观念符号被看待。在那个时期，"车轮"被置于"历史车轮滚滚向前"的集体图式中，"腐朽"的车轮就成为一种攻击；那么同样，相互格杀的野羊也就成为对阶级斗争或社会环境的讽喻。在"革命象征主义"的集体图式框架内，修辞发生了转义。这是年轻诗人始料未及的事情，事实上也真是冤枉了他，直到诗人的晚期作品，昌耀至死都是他诗中自嘲的"暧昧的"社会主义者。

　　昌耀的个人际遇表明修辞活动中的一种普遍状况：集体图式的固化取消了个人感知，进而是观念取代了体验，符号遮蔽了真实经验，一切真实的个人感知或个人体验被取消，一切真实经验、切身感受与经验语境都被从人的意识活动及其符号创造与交流活动中清空了，它意味着真实的意义生成被清空，从某种意义上来说也是社会交流被阻滞了。我们知道，无论是在东方还是西方的历史过程中，源自宗教的集体象征图式基本上支配了某一历史时期的语言修辞活动乃至整个文

化艺术的符号创造。只有在这种支配性的集体象征图式衰落之际，基于诗人或艺术家个人感受力的修辞活动才能有力地突破集体图式的固化，并有效地转换集体象征图式使之成为人们可以共享的意义资源与符号表现。

就昌耀所置身其中的修辞活动与意义实践而言，到了二十世纪七十年代末，现代汉语中支配性的集体图式渐渐地弱化甚至消解了，至少在个人生活和社会生活的某些领域里，尤其在诗人创造性的话语活动中，这一集体图式不再对个人经验产生真实的解释作用，也不能赋予个人经验以充分的意义感。在一个短暂的过渡期，集体图式及其象征成为反讽修辞的对象，如这一时期的诗歌对"太阳"及其与"向日葵"象征含义的讽喻式表达。作为一种意义参照框架的集体图式过了价值的保质期。因此，昌耀在整个八十年代的诗歌写作中，一反"伤痕"式的修辞，有效地将个人的社会感知转换为"慈航"或"苦修"式的宗教修辞，使个人经验发生了普遍性的转义，并受到了较为广泛的认同。但当昌耀在二十世纪九十年代经济社会逐渐兴起的历史语境中，当他遭遇到女友跟了一位药材商这倍感羞辱的体验时，当他在诗歌中把这种个人苦痛的感知描述成资本家或食利者"对美的亵渎"和"对美的蹂躏"时，读者或许会发出一丝苦笑，转义难以被普遍认知，修辞变成了反身指向诗人自身的讽喻。这意味着，昌耀企图将个人苦痛再次神圣化的企图遭遇了反讽，当他将个人经验上升为阶级经验或赋予受苦者的阶级属性时遭遇了暂时不问"姓资姓社"语境的反讽。事实上，直到他去世前的最后一部主要作品《一个中国诗人在俄罗斯》，他一直都坚持着这种在他人看来或许是幻觉式的"历史视野"，不肯放弃某种意义上源自上一历史时期的集体图式，在这首长诗中诗人不会说他在莫斯科看到了"乞讨的老妇"，这对他的修辞或意义阐释都远远不足，他使用的修辞是"工人巴别尔的母亲"在挨饿。就作为诗人的昌耀而言，他的经验与修辞之间一直充满张力，也充满了意图的悖谬：他最初的话语企图使用个人感知时遭遇了集体图式的悲剧性强制，他晚期的话语使用集体图式时遭遇到经验语境的喜剧性反讽。作为诗人的昌耀在其一生的写作中，提供了修辞与意义实践的悖论形式，他个人的命运最醒目地彰显了集体象征图式与个人感知之间的戏剧性冲突。

与之同时，在某些历史时段内，一种非强制性的集体图式也在赋予个人的话语活动以意义的参照框架，它既提供意义资源、符号表现，也携带着约束性的机制。当集体图式彻底排除个人感知而不是与个人感知进行互动时，这个模式也就失去了自身的活力，失去了意义参照框架或提供意义资源的功能，变成了一种纯粹的强制体系。

二

什么力量支配着意义实践？在上面所说的一种情境中，语言同生产资料一样被收归集体所有，修辞与意义实践活动如同经济活动一样被垄断，在这种情况下，集体图式支配着一切话语活动。事实上，在不同的人类社会形态和历史阶段，语言总是某个共同体的语言，修辞活动与意义实践也总是置身于某种共同的意义参照系统之中。然而，就整个现代社会的历史趋向而言，随着源自宗教背景的集体象征图式的衰落，随着语言与观念中的摩尼教式的二元对立的消解，随着符号系统的碎片化，修辞活动的意义参照体系也开始变得模糊不清起来。

这一状况现在变得愈加混杂，正像经济领域一样，修辞与意义实践呈现出某种多元性，在诗学领域几乎显现出一种极端多元性。即使过往的集体图式并不甘愿退出它的支配地位，它也仅仅能在极其有限的语境而非意义语境中起作用，况且还不是出于自发性的认同而是出于各种权宜之计。就今天的历史语境而言，或许并没有单一的意志能够支配意义实践，没有稳定或固化的集体图式能够永久地支配着修辞与话语阐释方式，结构总是受到历时性的冲击并缓慢地变形。在社会话语领域，一切言辞都相等，一切话语都在失去其意义的状态正在出现，作为一种意义头践的参照框架的集体图式变得不甚清晰了。痛苦、磨难或不幸仍然存在，但人们无法赋予其共同认知的意义，不能给予恰当的命名，这种状况或许应该称之为语义实践的中性状态，类似于疲惫或者抑郁。

一位年轻诗人包慧怡《关于抑郁症的治疗》一诗这样描述了上述状况：

现在，我只需把胸中的钝痛精细分辨

命名，加注，锁入正确的屉格：哪些眼泪是为

受苦的父亲而流，哪些为了染霜的爱，又有哪些

仅仅出于战栗，为这永恒广漠、无动于衷的星星监狱里

我们所有人的处境。假如每种精微的裂痛

都能像烦恼于唯识宗，找到自己不偏不倚的位置

像罪业于但丁的漏斗，它们将变得可以承受。

每种我不屑、不愿、不能倾诉的苦痛

都将郁结成棕色、橄榄色、水银色的香料

在时光的圣水瓶里酝酿一种奇迹。修辞术在受难的心前

隐遁无踪，言语尽是轻浮，假如不是为了自救

铺陈不可饶恕。假如可以带粉笔进入迷宫，以纯蓝

标记每一处通往灾祸的岔口："我到过这儿

必将永不再受诱"，它们将变得可以承受。

  包慧怡在这首诗里提供了一种治疗方案，那就是对苦痛——一个人往往"不屑、不愿、不能倾诉的苦痛"进行"精细地分辨"，分类，命名，加注，这是把苦痛彻底知识化的意图：哪些苦痛是家常的，而哪些苦痛是命定的；哪些苦痛是个人的体验，哪些通向所有人的普遍处境。但在诗人看来，似乎这一方案很难实现，无论是近乎木然的"钝痛"还是"精微的裂痛"，即使你能够指出它们发生在身体的具体部位，却难以在宗教的象征图式即一种意义图式中找到它的位置，就像唯识宗处理"烦恼"，或者像但丁在他的基督教的象征图式中安置人的各种罪业。诗人说，那样的话，苦痛将变得"可以承受"。对象征主义的世界观而言，人们并不承诺会彻底消除苦痛，而是寻找每一种痛苦的"名称"，即苦痛经验在一种有效的宗教象征主义话语体系中"不偏不倚的位置"，它意味着需要赋予苦痛以意义从而使痛苦变得"可以承受"，甚至可以让苦痛"在时光的圣水瓶里酝酿一种奇迹"。革命与宗教的集体图式都曾经渴望在特殊的修辞方式或符号系统中完成这一对人类苦难的意义转化。就像对于唯识宗或但丁的宗教象征来说，这些都是可能的。治愈是可能的。这不仅是因为个人的苦痛在一种信仰集体中被分摊了，也是因为苦痛找到了集体图式所承诺的意义参照，及其与意义相关的修辞确认。

  一个社会文化系统以及承载着它的象征符号凝聚的意义所遭遇的分崩离析，使得个人的生活实践无法继续保持必要的参照而产生莫名的焦虑。意义模式或文化的象征图式的解体，注定了要由社会与个人承担其不良后果。"修辞术在受难的心前 / 隐遁无踪"，这里隐含着诗人对修辞的一种矛盾态度，修辞是无用的，又是我们必须求助的隐秘意义资源。痛苦没有名字或失去了有意义的名称，然而又只能通过修辞、通过隐喻与转喻间接地、索引式地指向它的名称，否则就无法

摆脱苦痛的"匿名性"。对研究过中世纪羊皮纸书的诗人包慧怡来说，其中或许隐含着对一种中古时期的语言、对一种意义较为明晰的集体象征图式的期待，或者是对一种与"圣言"相关的意义参照体系的渴望，对一种能够被普遍分享的意义实践的推许。这首诗的结尾似乎暗示了语义炼金术式的救治方案。

> 假如我尝到的每种汞与砷
> 能使你免于读懂这首诗
> ——它们将变得可以承受，
> 小病号。

　　在对痛苦的转化方案中，修辞术与炼金术关联了起来，这是诗中隐含着的等式。诗人所感受的各种不同的没有命名的苦痛也与炼金术者所品尝的"每种汞与砷"画上了隐喻式的等式。"汞与砷"这样的一些"化学"元素，恰恰意味着每一种人类的苦痛经验都等待着被"转化"，事实上，不仅是苦痛经验，每一种人类经验、每一种存在物都期待着转化的时刻，就像诗歌中的每个词语都将在它的隐喻结构中发生意义的转化。因此可以说，经验的转化才是治愈的最终方案。在前现代社会之前，"治疗"或"治愈"不仅是狭义的医学的事情，一切对身体的规训方式、对主体的呵护方式，乃至一切对感觉、感受、情绪的管理方式，都属于广义的或根本意义上的治愈。在《柏拉图对话录》中，我们能够看到苏格拉底的说法，那就是"修辞学与医学是一回事"的断言。而今医学愈来愈世俗化，而宗教是一种神秘化或升华了的广义的医学，也是一种被高度祛魅化了的救赎方案。对身体的疗救自始至终关乎灵魂的救赎，关乎情感与情绪的管理与转换。它们最终关乎苦痛、肉体的有限性与死亡。起源论的思想资源或许不会耗尽其全部能量，起源时刻的每一点滴都会融进此刻的思想与感受之流，即使只剩下极微弱的含量，也类似于溶剂的作用。宗教一直就是医学的一个广义的名称。宗教植根于人类的苦痛、疾病与死亡。宗教寻求着救赎之路。就是科学与革命也时常暗中扮演这一救赎者—治疗者的角色。然而这一切拯救或治愈，与其说它们发生在事实领域，不如说发生在意义与价值领域，发生在修辞方式之中。在革命象征图式之后，在"圣言的无力"之后，诗歌的修辞活动已经成为这一意义实践的合法领域。

然而，在现代社会，诗人或许还有精神分析学家，不得不面对一个明晰的意义体系的消解，一种稳定的集体图式的消失。他们必须在衰落的集体象征图式与个人感知的张力中重构一种话语实践。

三

什么样的集体图式能够为个人修辞学提供自由而有效的阐释？或者反过来，什么样的个人感知能够成为可以被分享的意义实践或共享的意义参照框架？什么样的个人感知及其修辞能够为集体图式注入活力或提供新的自由阐释？

或许已经出现的情况是，在修辞活动中对个人体验或社会经验语境的呈现，正在替代某种固化的象征图式，以个人经验与社会语境的呈现替代稳固的集体图式，即意义参照框架。

阿米亥《开·闭·开》"精确的痛苦，模糊的欢乐：渴望的迹象无所不在"第十六节如此写道：

> 精确的痛苦，模糊的欢乐。我在想，
> 人们在医生面前描述自己的痛苦是多少精确。
> 即使不曾学会读写的人也是精确的：
> "这儿是抽痛，那儿是绞痛，
> 这儿是挤痛，那儿是烧痛，这是刺痛，
> 那个——噢，是隐隐作痛。这儿，就在这儿，
> 对对。"欢乐总是模糊的。我听到有些人
> 在成夜的寻欢作乐之后说："真是太棒了，
> 我开心得快升上天了。"即使抓着宇宙飞船
> 飞到太空的宇航员，也只会说："太好了，
> 妙极了，我没话可说了。"

模糊的欢乐，精确的痛苦——我想用精确的刺痛，描述幸福和模糊的欢乐。我在痛苦中学会了说话。痛苦果真如此精确？除了身体的病痛之外，痛苦的可交流性未必是确然的。要说清楚苦痛与其原因并非一件不需要发展其体验与表达的事。对生活在动荡不安历史中的诗人阿米亥来说，个体只会表达疼痛，表达那些

与抑郁、焦虑或者愤怒情感关联的具体化的身体状况，在病人所处的社会群体和象征图式中，也许暗含着一种理解：这些身体不适同时传达着精神的和社会化身体的含义。

无论在昌耀那里，还是在包慧怡或阿米亥那里，一种不可忽略的情形是，激情、道德感受乃至社会伦理情感，也同样在悄无声息地滑入边际模糊的疾病领域。那些被社会和个人所压抑的激情与社会伦理感情，没有正当的、合法的和受到鼓励的释放空间，进入了纯粹个人的感受范畴，成为一种负面体验，诸如内疚、挫折与失败感。一个人无法长期承受这些负面体验从而难以抗拒地转入躯体化的病痛状态。

即使在强制性的集体象征图式衰竭之后，在人类社会中组织和控制生活的各种支配性的力量渗透了我们的心理—身体状况，它隐秘地建构了一个身体—社会系统，因此，疾病与苦痛的感受不仅仅属于身体，就像在包慧怡的《关于抑郁症的治疗》和阿米亥的诗歌长卷《开·闭·开》中所揭示的，苦痛的感受也属于社会文化的一个表征。合法的和理性的支配力量被人们顺从地在理性的范围内接纳了，而那些令人感到丧失尊严、令人羞辱与苦痛的控制也在更加剧烈的不适应的感受中被人们内在化了，后者造成了更深的和更普遍的伤害。

语言、修辞与表达，承载着或管理着情绪、感受、体验与认知，修辞形式就是一种能量形式，当这一能量受到阻碍，无法进入自由交流与交换，就不仅只是制造了个人的和躯体化的苦痛，也造成了难以言说的社会磨难。在诗学中，我想也在精神分析学中，存在着一种持续发展着的体验能力，这一体验伴随着修辞与意义实践的过程，伴随着感受力、感知力和想象力的发展。这一意义实践有一个进入合法性的名称，即诗学与艺术。通过个人感知及其修辞活动生成含义的能力被审慎地界定在审美领域。而对诗学与艺术带来诸多启迪的精神分析及其对话无疑也属于这一领域。

个体表达了苦痛的躯体化层面，医患双方都关注着疾病或病痛的这一具体化的身体状况，精神分析则专注着疾病与病痛的心理学含义，就像诗人和读者专注于个人体验在独特的修辞活动中转义的发生。事实上，在医学之外，在革命象征图式与宗教的话语实践之后，关于个人的痛苦有着更为广义上的关注，各种话语实践诸如哲学、社会学、伦理学，还有诗学，以各自的修辞方式描述着人的各种隐秘的苦痛，它们关注的既非单纯的疾病亦非只是身体的病痛，而是关于痛苦和人世间应对苦痛的一种文化实践。诗歌不是一种消除了专有神名的宗教吗？它像医学的案卷，记录着内在的苦痛，寻求着慰藉的方式，或许，诗学在今天就是一种广义的医学，即一种对个人或人类苦痛的命名和救赎。

阿米亥想说的或许并不是我们真的能够轻易地说出痛苦，而是在痛苦中生成修辞及其意义实践的那种困难的努力。宗教话语或圣言，曾经是一种语言共同体所共享的修辞方式与意义参照体系，现在，除非是在一种极端主义的语境之内，这一集体图式或圣言早已变得软弱无力了，而诗人仍然能够将一种个人感知及其修辞融入其中，与之构成一种基于经验世界的对话关系，从而更新这一疲惫不堪的语言：

> 现在就用这疲倦的语言说吧。
> 一门被从圣经的睡梦中撕裂的语言，眩晕着，
> 从一张嘴晃到另一张嘴里。用这曾经描绘过
> 神迹与上帝的语言，来说出汽车、炸弹、上帝。
> ……

无论是我们说的"圣言的无力"还是阿米亥说的"疲倦的语言"，都意指着某种集体象征图式或集体符号，它们曾经凝结着某个共同体的记忆与感受，但现在，集体象征图式或符号不再是毫无疑义的真理系统，不再是某种统一的、固化的集体图式，也不是将一种"社会方言"上升至强制性的真理语言，但诗人在个人的现实感知中使用这"疲倦的语言"之时，他就在改变一种语言固有的或固化的象征图式，就是在将先前的象征图式置于某种流动的经验语境之中，正是这一经验语境中存在着差异而又可以交流的体验，彼此不同而又可以共享的情感，一种基于多元话语实践和充分交流所形成的情感的共通感，将成为个人体验与修辞活动的意义参照。

（选自《诗刊》2018年11月下半月刊"茶座"栏目）

废名论新诗："诗人的诗"和"自由诗"

/ 魏天真

　　废名的诗歌写作包括差异十分醒目的两部分，其一是写于1922年到1948年间，后收入《废名集》第三卷的91首新诗；其二为写于"大跃进"运动前后的新民歌，《废名集》第六卷收录有《新颂篇三百首》及外二首。他的新诗理论，其主要内容也相应地集中体现在两个文本之中，即《谈新诗》（现收入《新诗十二讲——废名的老北大讲义》，附有《集外》）和《新民歌讲稿》，它们分别成书于1937年之前和1957年以后，是作者在北京大学和吉林大学中文系讲义的结集。当然，他对古代诗歌的阐释（古诗讲义包括《古代人民的文艺——诗经讲稿》和《杜甫的诗》）也反映着他的新诗观念。由于前后期差异太大，废名的新诗写作、新诗观念及其转变的情况，难以在有限的篇幅中阐述，本文将集中讨论他在现代中国文学的"现代阶段"的诗歌观念，是为研究"当代阶段"废名的诗歌写作特征及其理论观念转变的序曲。

　　废名的新诗论稿除《新诗十二讲》，还有1937年以后至20世纪40年代初期的诗歌评论，包括关于卞之琳、林庚、朱英诞、冯至等诗人的评论。我们知道这一时期的现代汉语诗歌，无论是理论还是实践都已发展到相对成熟的阶段，废名的新诗理论是诸多新诗诗论中的一种，当然也是极具启发性和超前性的一种。正如他认为温庭筠、李商隐等诗人的诗作越过了众多古诗，甚至白话诗，而达到与新诗的声气相通、精神相通一样，他的关于新诗的主张，可能也越过了现代文学史上各种潮流、各种论说，而达成了与当下汉语诗歌的相互贯通。但即便如此还是需要申明，他的新诗理论毕竟是众多理论之一种。本文主要从新诗的新与旧、新诗的总体特征、新诗的语言形式，以及论说的歧义等方面梳理和阐述其新诗理论。

一、"新诗将是温李一派的发展"

关于新诗的渊源，废名也认同那种普遍性的看法，即新诗作为"五四"新文学运动的一部分，白话文运动，以及晚清时期以梁启超为代表的诗歌改良运动，都是其发生的源头。但对于白话新诗和旧诗的关系，以及新诗自身的新与旧的问题，废名却有不同的观点。他认为很多所谓新诗毋宁是"白话旧诗"，另一方面，许多旧诗中却蕴藏着新诗的精神，因而从"诗界革命"和白话文运动而来的"新诗"是不是真正的新诗，需要具体分析辨别。

废名多次表达过这一观点，即新诗之所以新，在于它以散文的形式写出了诗的内容；旧诗则与此正相反，是以诗的形式表达散文的内容。他在《新诗十二讲》中谈胡适《尝试集》时说，"旧诗的内容是散文的，其诗的价值正因为它是散文的。新诗的内容则要是诗的，若同旧诗一样是散文的内容，徒徒用白话来写，名之曰新诗，反不成其为诗"[1]。在《已往的诗文学与新诗》一讲中说，"白话新诗是用散文的文字自由写诗"[2]。在《新诗应该是自由诗》一讲中说，"如果要做新诗，一定要这个诗是诗的内容，而写这个诗的文字要用散文的文字。已往的诗文学，无论旧诗也好，词也好，乃是散文的内容，而其所用的文字是诗的文字"[3]。在评周作人的《小河》等诗时，他又发挥了这个观点，认为梁启超、黄遵宪，以及遵奉"我手写我口"主张而以通俗白话入诗的诗人，做的只能是旧诗；白话诗运动中的诗人也没有摆脱旧诗的思维方式、趣味习性，写出来的依然是旧诗：

> 他们用白话做诗，又正是做一首旧诗。我们这回的白话诗运动，算是进一步用白话做诗不做旧诗了，然而骨子里还是旧诗，做出来的是白话长短调，是白话韵文。这样的进一步更是倒霉，如果新诗仅以这个情势连续下去，不

---

[1] 废名：《新诗十二讲——废名的老北大讲义》，沈阳：辽宁教育出版社，2006年，第7页。

[2] 废名：《新诗十二讲——废名的老北大讲义》，沈阳：辽宁教育出版社，2006年，第39页。

[3] 废名：《新诗十二讲——废名的老北大讲义》，沈阳：辽宁教育出版社，2006年，第25页。

但革不了旧诗的命，新诗自己且要抱头而窜，因为自身反为一个不伦不类的东西……[1]

上述诸多言论，虽然谈论的是诗歌的语言形式，属文学内部的问题，但从论者思路和观点看，他似乎正在逆潮流而动，因为在世界范围内，20世纪正是所谓语言转向的世纪。在中国范围内，白话文运动及"五四"新文学正是汉语文学形式的一次最彻底的革命。在这一情境中审视废名的新诗观念，确实令人惊异。他似乎并不看重诗歌写作中语言的作用，或者说他不像新文学运动中人那样把白话/现代汉语视为新诗写作中当然的、先决的条件。他以为诗歌的新旧不在乎语言的新旧，也就是无关乎文言和白话，而关乎诗歌的内质——内容、情感、精神、意趣等等。

废名一再强调新诗的情感不同于旧诗，如果说以白话写出的诗歌还是"旧诗"，就是因为情感的容量不够。但废名并不否认旧诗在语言方面的长处，如简洁、含蓄、清新、有韵味等等，也认为这些长处应该在新文学里得到继承发扬——不过是要在新散文中。新诗所急需的是语言文字之外的素质，那种素质其实早就存在于旧诗中。于是，他越过白话文运动，越过晚清的"诗界革命"，还越过宋元明的词曲小令，在唐朝诗人那里发现了新诗的精神！废名列举和解读了许多旧诗中那些足以作为新诗的渊源的案例。比如，在谈《尝试集》时，他列举的是陈子昂的《登幽州台歌》和李商隐的绝句《东南》（"东南一望日中乌，欲逐羲和去得无？且向秦楼棠树下，每朝先觅照罗敷"），认为这些诗是旧诗里的例外，因为它们有着真正的诗的内容。而所谓诗的内容，是指因一事触发而当即成诗，诗里透露的是灵魂的消息。这些诗是内容丰厚、想象阔达的真正的诗歌，而不像其他古典"诗文学"那样只有诗的形式。废名一再征引他所推举的旧诗中有新诗精神的诗，借以说明新诗的源头并不是胡适等人看重的通俗易懂的元（稹）白（居易）一派，而是被人认为晦涩难懂的温（庭筠）李（商隐）一派；后者诗歌的内容、情感，乃是"曲子缚不住的"，是"以前的诗所装不下的"[2]。

所以，在废名看来，新诗和旧诗的区别不是用白话和文言的区别，也不是易懂和难懂的区别。他这样评说鲁迅写的新诗《他》："这首诗用旧诗来写恐怕还要容易懂些，那就要把作者的情调改削一些，要迁就于做旧诗的句法。新诗真是

199·

[1]　废名：《新诗十二讲——废名的老北大讲义》，沈阳：辽宁教育出版社，2006年，第82页。

[2]　废名：《新诗十二讲——废名的老北大讲义》，沈阳：辽宁教育出版社，2006年，第27页。

适宜于表现实在的诗感。"[1] 新诗和旧诗的区别是思维方式和情感内容的区别，也是作者价值观念和精神气质的区别。基于这一认知，他发现了新诗写作中存在的刻意为之的倾向。他批评 1920 年代以后后起的新诗人乃是有心"做"诗，指出这种刻意求新的"做"怎样给新诗带来新的套路或束缚，变成新诗的"自由"的障碍：

> ……他们根本上就没有理会旧诗，他们只是自己要做自己的诗。然而既然叫做"做诗"，总一定不是写散文，于是他们不知不觉的同旧诗有一个诗的雷同，仿佛新诗自然要有一个新诗的格式，而新诗又实在没有什么公共的、一定的格式，像旧诗的五言七言近体古体或词的什么调什么调，新诗作家乃各奔前程，各人在家里闭门造车。实在大家都是摸索，都在那里纳闷。与西洋文学稍微接近一点的人又摸索西洋诗里头去了，结果在中国新诗坛上又有了一种"高跟鞋"。[2]

看来废名对新诗的形式很不满意。新诗沿用旧诗的形式肯定不可，但即使不用旧的形式也可能沿袭了旧的思维模式，向西洋诗学习则可能着了外国人的道，总之是不能摆脱对"格式"的依赖。那么，废名的新诗观念到底是开放的还是偏执的？为什么他一面主张新诗什么都可以写，怎么写都可以，一面又对所有种种诗艺的探索都不认同？他何以如此否定新诗的"格式"？

我们可以从他的批评文章中体察他的立场。他发现，讲究格式或注重形式的诗人，他们在思维方式和趣味方面总显出老旧，即使是模仿外国诗，"字句之间却还是旧文人一套习气的缠绕"[3]。他还看到诗人对格律、音韵的专注，会分散和削弱对所写之物事的专注，使作者沦陷于自我欣赏。用他的话说，就是让诗人不知不觉间失调了一个"诚"字。这个问题后面还会谈到。

废名反对新诗作者追求新的形式还有一个更重要的理由，即担心给大众（读者和作者）造成误解，以为新诗就应该有某种形式。这是有悖于新诗的诗体解放的宗旨的，也是妨害新诗的前途的。为此，废名对冯至把诗集取名《十四行集》很不以为然，这个诗集名称对诗人自己来说是一种方便，但对天下人却是一种误

[1] 废名：《新诗十二讲——废名的老北大讲义》，沈阳：辽宁教育出版社，2006 年，第 78 页。

[2] 废名：《新诗十二讲——废名的老北大讲义》，沈阳：辽宁教育出版社，2006 年，第 24—25 页。

[3] 废名：《新诗十二讲——废名的老北大讲义》，沈阳：辽宁教育出版社，2006 年，第 121 页。

导——废名担心的是新诗的读者可能会买椟还珠，读了冯至的诗集或看到诗集名称，以为"十四行"便是新诗的普遍样式。这可以说是废名借题发挥。在他看来，只要是"做"诗，不论古典式的还是西洋新式的，总是一种模式，与新诗的自由精神相违背。废名颇为意气地说："不了解诗而闹新诗，无异作了新诗的障碍。私心尝觉得这件事可恨，故常想一脚踢翻那个诗坛，踢翻那个无非是要建设这个，即是说要把新诗的真面目揭发出来。"[1] 那么新诗的应该是何种面目呢？

二、"新诗将严格地成为诗人的诗"

废名认为新诗应该是自由诗，"我们只要有了这个诗的内容，我们就可以大胆地写我们的新诗，不受一切的束缚"[2]，但同时他又认为"新诗将严格地成为诗人的诗"[3]，并对新诗作了限定：

> 你是诗人你便可以写诗，所以容易得很，世间有多少诗人便有多少新诗，便有多少新诗的内容，所以新诗的前途非常之广阔了……但你如不是诗人，你也便休想做诗！新诗不同旧诗一样谁都可以做诗了，你做了贪官污吏你还可以做得好旧诗了，因为旧诗有形式，有谱子，谁都可以照填的，它只有作文的工巧，没有离开散文的情调，将散文的内容谱成诗便是诗的情调了。[4]

这里的"诗人"特指写新诗的诗人。诗人是有特殊的气质和禀赋的人，他真诚，怀有赤子之心，尤其是不为潮流习气所动。废名对历来人们众口一词称道的经典作品持有异议，就是因为它们的内容不符合他所定义的"诗人"的秉性——

> ……胡先生举了辛弃疾的几句词，"落日楼头，断鸿声里，江南游子，把吴钩看了，阑干拍遍，无人会，登临意"，说这种语气绝不是五七言的诗

---

[1] 废名：《〈冬眠曲及其他〉序》，陈建军编订《我认得人类的寂寞》，北京：新星出版社，2018年，第149页。

[2] 废名：《新诗十二讲——废名的老北大讲义》，沈阳：辽宁教育出版社，2006年，第25页。

[3] 废名：《新诗十二讲——废名的老北大讲义》，沈阳：辽宁教育出版社，2006年，第106页。

[4] 废名：《新诗十二讲——废名的老北大讲义》，沈阳：辽宁教育出版社，2006年，第203页。

能作得出的。不知怎的我很不喜欢这个例子，更不喜欢举了这个例子再加以主观的判断证明诗体的解放。我觉得辛词这些句子只是调子，毫不足取，用北京话说就是"贫"得很。如此的解放的诗，诗体即不解放我以为并没有什么损失。[1]

废名当年反感胡适所赞赏的这些词句，在又经历八十多年的流传之后，今天的诗人也许更能感觉到它的"贫"，更能认同废名的意见。它们在一代又一代人的传诵和引用中，越来越成为陈词滥调！尽管实际上当时诗人写下它们时也许是出于至诚，也得之于灵光乍现，却因为一再被人赞颂、模仿、重复而变为套话。总之，废名强调新诗必需"修辞立其诚"，他既讨厌"白话韵文"，又反对模仿外国诗体，都是因为写诗者只顾追求文字的"新"，却忘了在字句之间"缠绕"的还是旧文人的那套习气，而与自由和诚实的精神相背离。

被废名不看好的经典古诗还有许多，他的理由也如前所述，多是因为那些看似完美的语言遮盖了个体的真性情。他解读《天净沙·秋思》"正同一般国画家的山水画一样，是模仿的，没有作者的个性"[2]，虽然其中有一种独特的调子，但好诗除了要有调子，更要有性情；调子是其次的，是依真性情而自然生成的。换句话说，作者的个性不仅仅是语言的个性，不仅仅是诗歌发声的特殊的腔调。

他评价刘半农的诗里有很大的、"质直"的情感，说他是"结实的诗人"，他的诗"蕴积""收敛"，是由于"他的感情深厚之故"。[3]废名对新诗的成果很乐观，同时也有一层忧虑。他鼓吹新诗的生机、朝气、天真、诚恳，也看到新诗露出的衰老迹象，就是如前所述的新诗诗人往往不知不觉地沾染旧习气，变得不诚。他在康白情的诗里，在汪静之后来的作品里，都看出这种苗头。废名在赞赏一首诗时，经常会使用"天籁""完整""偶然""天真"之类的词，我们从中可以归纳出废名新诗理论的主要范畴。

其一是"完全性"（完整）。废名说新诗应该"是天然的，是偶然的，是整

---

[1] 废名：《新诗十二讲——废名的老北大讲义》，沈阳：辽宁教育出版社，2006 年，第 29 页。

[2] 废名：《新诗十二讲——废名的老北大讲义》，沈阳：辽宁教育出版社，2006 年，第 6 页。

[3] 废名：《新诗十二讲——废名的老北大讲义》，沈阳：辽宁教育出版社，2006 年，第 66 页。

个的而不是零星的"[1]，以此为标准来衡量他自己的诗，他感到颇为自信、自得，因为他觉得自己的诗比卞之琳、林庚、冯至的诗都更为完全。但他最推崇的一首诗是郭沫若的《夕暮》："一群白色的绵羊／团团睡在天上／四周苍老的荒山／好像瘦狮一样／仰头望着天／我替羊儿危险／牧羊的人呦／你为什么不见"。他甚至宣称，在迄今为止的新诗中若只能选一首做代表的话，那就是这一首，其杰出之处也在"完全性"——"若就诗的完全性说，任何人的诗都不及它"[2]。

其二是"偶得"（偶然）。刘半农《扬鞭集》里的有一首《母亲》："黄昏时孩子们倦着睡了，／后院月光下，静静的水声，／是母亲替他们在洗衣裳。"废名极为赞赏，说"这首诗表现着一个深厚的感情，又难得写得一清如许……比月光下一户人家还要令人亲近，所以点头之后我又有点惊讶，诗怎么写得这么完全，这么容易，真是水到渠成了"[3]。后来他再次评价道："那首诗只有三行文字，写得那么容易，那么庄严，那么令人亲近。正非偶然，是作者人格的蕴积，遇着一件最适合于他的题材，于是水到渠成了。"[4]废名的"偶得"一说，在许多中外诗人那里，从正反两方面，也都能得到验证。比如美国"垮掉派"代表诗人金斯伯格就说过，他想再写一部《嚎叫》，把20世纪80年代的观念和问题写入其中，"但我明白不能刻意而为，诗几乎总是偶然得来的"[5]。

值得注意的是，他认为新诗应该是"偶得"的，这里又说刘半农的这首诗"正非偶然"，看似矛盾，其实是一个意思。同时我们也应该能够理解，他说诗写得这么"容易"也并非容易。此外，他这里首肯的诗歌写作的普遍性与他所反对的普泛性（如习语、套话、贫嘴）也并不矛盾，一如他之所谓散文的写法实际指非散文的写法，他所谓诗的写法也是他所说的散文的形式一样，在具体的语境中，是可以辨认和理解的。下面这段文字就是典型例子。他称赞冰心《繁星》第七五首（"父亲啊！／出来坐在月明里，／我要听你说你的海"）写得干净无遗，"像

---

[1] 废名：《新诗讲义——关于我自己的一章》，陈建军编订《我认得人类的寂寞》，北京：新星出版社，2018年，第189页。

[2] 废名：《新诗讲义——关于我自己的一章》，陈建军编订《我认得人类的寂寞》，北京：新星出版社，2018年，第189页。

[3] 废名：《新诗十二讲——废名的老北大讲义》，沈阳：辽宁教育出版社，2006年，第50页。

[4] 废名：《新诗十二讲——废名的老北大讲义》，沈阳：辽宁教育出版社，2006年，第75页。

[5] ［美］安妮·沃德尔曼：《观念的在场：〈嚎叫〉笔记》，李栋译，《今天》2017年第4期。

这样的诗乃是纯粹的诗，是诗的写法而不是散文的写法，表现着作者的个性，而又有诗的普遍性了"[1]。

其三是"普遍性"。它也是废名所认定的新诗的基本要素之一。他认为一首诗写的是实事、真情，如果没有普遍性也就算不得好诗。他举郭沫若的《偶成》（"月在我头上舒波，/海在我脚下喧豗，我站在海上的危崖，/儿在怀中睡了"）为例，认为这首诗确属真情实景，极有可能也是偶成，但它不如刘半农的那首《母亲》动人，就因为没有后者的"普遍性"。另一个例子是冰心的诗句："我的朋友！/雪花飞了，/我要写你心里的诗。"废名称道它令读者觉得很有意思，因为写得很真实、很别致，"这首诗大约是女诗人才能写的诗，然而这首诗写得很有普遍性"[2]。从这些实例可以看出，废名所说的"普遍性"，是指诗能表达人们共通的情感体验，因而容易引起共鸣或给读者以启迪。可以说，废名强调的"普遍性"并非什么新异的概念，但确有可商榷之处，因为以现在读者的眼光看来，郭沫若诗里所描绘的真情实景，与刘半农诗中所写相比，谁者更有普遍性，不同的人可能会有不同的感觉，并不取决诗中描写的两个事情本身，即"……儿在怀中睡了"和"……是母亲在替他们洗衣裳"。废名认为前者是"一件偶然的事情，不足以构成诗的普遍性"[3]，但实际情况是，即使是同一个行为，在不同的时代其普遍性的程度有所不同；所写之事是否具有普遍性，也与文本语境（上下文）和社会语境有关，也可以说是与读者的接受和认知倾向有关。甚至我们可以套用废名的表达方式说，正因为诗中所写之事是独异的、偶然的，所以成就了其普遍性。但无论如何，废名在这一点上是正确的：他明确地道出诗的普遍性蕴含在独特的个人化的表达之中；真诚、完整是诗歌普遍性的条件，普遍性是新诗基本的也是最高的要求。

三、"白话新诗里头大约四度空间也可以装得下去"

如前所述，废名一再指出新诗是诗的内容而用散文的文字写出，还宣称新诗没有形式，但他同时也认为诗的写法和散文的写法是截然不同的。诗歌的散文化是一种在表达上"行无余力"的现象，在新诗写作中还很普遍。诚然如此：以散

[1] 废名:《新诗十二讲——废名的老北大讲义》,沈阳:辽宁教育出版社,2006年,第135页。

[2] 废名:《新诗十二讲——废名的老北大讲义》,沈阳:辽宁教育出版社,2006年,第138页。

[3] 废名:《新诗十二讲——废名的老北大讲义》,沈阳:辽宁教育出版社,2006年,第154页。

文的文字自由写诗，与用写散文的方法写诗，其间的区别反映着诗歌诗意的丰简和诗人诗艺的高下。

废名批评有些新诗不好，原因就是写得太像散文。如康白情的《妇人》中，"好比'小麦都种完了，驴儿也犁苦了，大家往外婆家里去玩玩罢'这三句诗弦并不紧张，通篇也是有意来描写，写得好也不能算诗，是活泼泼一段文章罢了"，还有一种情况是"有时诗情倒是紧张的，即是说音乐很成功，却写不出，作者又舍不得不写"，于是就啊啊呀呀，"只能算是哑巴做手势，算不得做诗了"。[1] "活泼泼的一段文章"显然是指好的散文，但算不得诗歌；而如果诗人只是一味的感叹，更不是诗。

另一个例子是废名对冰心《春水》第一一六首（"海波不住地问着岩石，/岩石永久沉默着不曾回答；/然而他这沉默，/已经过千百回的思索"）的评价，更能说明问题：这首诗就意思来说是很高的诗，但写法尤其是后两行的写法太散文了——"有一首诗来就直接的写出来"，诗行中还时常出现"然而""但是"之类的虚词！[2] 废名多次说过只要是诗，即使写得像散文也还是诗，这时他强调的是诗情的实在、质直，语言的诚恳、质朴；在这里他又否定了"直接地写出来"的做法。但稍加辨别就能发现，此直接非彼直接！他这里说的"直接"，其实是指平铺直叙照猫画虎的表达，而虚词的使用是为了逻辑的周详严谨，这些可能消弭了诗性所需要的别样空间。从废名所推崇的泰戈尔的诗可以看出，他所肯定和否定的"直接"，分别对应着诗情的直接道出的"直接"（妙手偶得、和盘托出、完整）和语言表达的"直接"（平直、拘泥本事、逻辑连贯）。这是两个不同层面的问题：前一个"直接"相当于直觉、感悟，与逻辑、理性相对应；后一个"直接"则相当于直露、粗拙，与他主张的"清净""别致""有意思"相对。后一个"直接"也就是他说的那种有感情而写不出说不出，就啊啊呀呀地喊出来，或者像哑巴打手势，缺乏新诗应有的表现力。

废名的新诗理论的确时有歧义，我们也不能否认他所阐述的诗观还有许多有待辨析、厘清的地方。但这些含混或歧义，在很大程度上与废名独特的思维方式有关，或者说就是他的新诗观念的独特性之所在。例如，废名经常谈到诗的"意思"和"语言"，诗的"感情"和"写法"，但他在具体讨论时从来没

---

[1] 废名：《新诗十二讲——废名的老北大讲义》，沈阳：辽宁教育出版社，2006年，第100页，第101页。

[2] 废名：《新诗十二讲——废名的老北大讲义》，沈阳：辽宁教育出版社，2006年，第137页。

有把内容和形式分开过。或者说，他有意无意地避开了传统的二分法；他之所以强调新诗的"完全性""偶得"性，也缘于此。从废名倡导自由地写诗又强调诗情诗意的实在，从他判定最完美的诗歌是偶然得之、水到渠成，我们能看出，在他的新诗观念中，诗人的秉性、情思和灵感，诗歌的形式和内容，都是浑然一体、不可分割的。

此外，他最看重的新诗的品质，是以自由、通达的文字营造出无穷的空间。如前所述，废名对于胡适的遵从通俗易懂的元白一派，视之为新诗的先声大不以为然，宣称"新诗将是温李一派的发展"。不仅如此，他认为新诗的诗体解放也可以直接师承温李一派：

> 以前的诗是竖写的，温庭筠的词则是横写的。以前的诗是一个镜面，温庭筠的词则是玻璃缸的水——要养个金鱼儿或插点花儿这里都行，这里还可以把天上的云朵拉进来。[1]

总之，"这个解放的诗体可以容纳得一个立体的内容"[2]。当然，温李的诗词毕竟是旧诗，其容量相对于新诗还是有限的。在废名的想象中，"白话新诗里头大约四度空间也可以装得下去"[3]，容量大到无可测度，同时又是各自独立的世界。废名尊温李一派的诗为白话新诗的先声，所遵奉的是他们诗中丰富的幻想和想象，蓬勃的生气，以及无限的自由。这些素质正是一种"现代"的精神。

四、"新诗本不必致力于形式"？

也许是由于废名钻研佛理，深谙禅宗真义，他阐述观点、主张的方式，读者感觉到是矛盾也罢，是辩证法也罢，是有禅机也罢，于他自己而言不过就是大实话："有人说新诗的范围窄，其实不然，旧诗因为有形式而宽，谁都可以写；新诗因为没有形式而宽，谁都可以写。"[4]这两个"谁都可以写"也是不同的：旧诗

---

[1]　废名：《新诗十二讲——废名的老北大讲义》，沈阳：辽宁教育出版社，2006年，第34页。

[2]　废名：《新诗十二讲——废名的老北大讲义》，沈阳：辽宁教育出版社，2006年，第34页。

[3]　废名：《新诗十二讲——废名的老北大讲义》，沈阳：辽宁教育出版社，2006年，第38页。

[4]　废名：《新诗十二讲——废名的老北大讲义》，沈阳：辽宁教育出版社，2006年，第211页。

有一套做诗方法，只要掌握了那些方法，即使没有诗情诗意也能做诗。旧诗的"谁都可以写"说的是对作者的心性禀赋不做要求。而新诗的本质在于自由精神及自由表达，这个"谁都可以写"，虽然是指无论谁、写什么、怎么写都行，但写出来的是不是诗则需要鉴别。如果说废名自己论说中的矛盾是可以解释，并通过解释而得以自圆其说的话，那么，他跟同时代的同道中人的观念的差异，是很值得重视的。

首先是朱光潜。朱光潜与废名的观点在很多方面也是相通的。比如朱光潜说过旧诗有音乐的架子，有固定模型可利用；也说过新诗是情感的自然流露，新诗意味着诗体的自由，而草创时期新诗人往往是"用白话写旧诗，新瓶装旧酒"，还说过"诗不是一种修辞或雄辩"，等等。这些都与废名的看法完全一致。他们诗歌观念的差异也很明显。朱光潜在《诗论》中说，"诗是有音律的纯文学"。虽然他在讨论节奏和声韵时所用实例都是古诗，但当他说"诗是最精妙的观感表现于最精妙的语言，这两种精妙都绝对不容易得来的，就是大诗人也往往需费毕生的辛苦来摸索"，针对的是新诗。他还说，"如果用诗的方式表现的用散文也还可以表现，甚至于可以表现得更好，那么，诗就失去它的'生存理由'了。我读过许多新诗，我深切地感觉到大部分新诗根本没有'生存理由'"，"许多新诗人的失败都在不能创造形式，换句话说，不能把握住他所想表现的情趣所应有的声音节奏，这就不啻说他不能做诗"。[1] 朱光潜明确指出新诗要创造形式，而新诗的形式主要就是声音节奏："情感的最直接的表现是声音节奏，而文字意义反在其次。文字意义所不能表现的情调常可以用声音节奏表现出来。诗和散文如果有分别，那分别就基于这个事实。散文叙述事理，大体上借助文字意义已经够；它自然也有它的声音节奏，但是无需规律化或音乐化……"[2] 这就跟废名的观点相对立了。但这两种相对立的观点能够互为补充，对现代汉语诗歌来说可谓善莫大焉！如果说朱光潜对新诗形式的解释诉诸听觉，侧重于听觉，废名的则是诉诸视觉的："我觉得新诗最好是不要铺张，宁可刻画，能够自然地描绘出来当然最好。"[3]

---

[1] 朱光潜：《给一位写新诗的青年朋友》，《朱光潜文集》第三卷，合肥：安徽教育出版社，1987 年，第 268 页，第 270—271 页。

[2] 朱光潜：《给一位写新诗的青年朋友》，《朱光潜文集》第三卷，合肥：安徽教育出版社，1987 年，第 269—270 页。

[3] 废名：《新诗十二讲——废名的老北大讲义》，沈阳：辽宁教育出版社，2006 年，第 185 页。

有时废名又是诉诸超感觉的，比如他借说温庭筠的词几乎不用典而李商隐写诗极喜用典，温词像立体的水缸而李诗如平面的水，来说明新诗正该如此，不仅像镜子一样反映而且像水一样可以容纳。并且，因为废名反对的是"做"，即刻意做作，所以他也不会刻意地反对或排除音乐性。以他最为欣赏和推崇的《夕暮》来看，诗中的音乐性是很明显的，但这种音乐性与文字的抒情写意是浑然一体的。废名所反对的是刻意地谋求音乐性，比如为了叶韵而把悲哀说成"哀悲"。所以他觉得新诗"自然会有形式"，刻意地追求形式会使情感、内容削足适履。

其次是沈从文。他的新诗观念与废名的也多有不同。沈从文很重视新诗的形式，并且将之与音乐性、节奏感紧密相连。针对同一位诗人的同一本诗集《扬鞭集》，如前所述，废名赞赏的是刘半农的情感质直，抒情时的收敛而非发泄。沈从文虽然也夸奖刘半农以散文的形式纯熟地表现出平凡的境界，但他更看重的是诗人在形式探索上的先锋性，以及对音韵美的自觉追求。他对刘半农评价极高："他有长处，为中国十年来新文学作了一个最好的试验，是他用江阴方言，写那种方言山歌。用并不普遍的文字，并不普遍的组织，唱那为一切成人所能领会的山歌，他的成就是空前的。"他热切期待诗人对新诗发展做出更大的贡献："《扬鞭集》的作者为治音韵的学者，若不缺少勇气，试作作江阴方言以外的俗歌，他的成就，一定可以在中国新诗的发展上有极多帮助的。"[1] 废名的与此针锋相对的观念，在谈论康白情的《草儿》时表达得更直接：

> ……有一派做新诗的人专门从主观上去求诗的音乐，他们不知道新诗的音乐性从新诗的性质上就是有限制的。中国的诗本来有旧诗，民间还有歌谣，这两个东西的长处在新诗里都不能有，而新诗自有新诗成立的意义，新诗将严格地成为诗人的诗，它是完全独立，旧诗固然不必冒牌，歌谣亦不是一个新的东西了。[2]

虽然在新诗观念上，沈从文与废名也有一致的地方，他也时常以"完全"作为评价诗的诗情诗艺的一个重要指标，但他更推崇新月诗人在韵律、色彩、节奏

---

[1] 沈从文：《论刘半农〈扬鞭集〉》，《沈从文文集》第十一卷，花城出版社、三联书店香港分店，1984 年，第 135 页，第 138 页。

[2] 废名：《新诗十二讲——废名的老北大讲义》，沈阳：辽宁教育出版社，2006 年，第 106 页。

上的功夫和功力，这就与废名指摘"新月一派诗人当道，大闹其格律勾当"完全相反。并且，沈从文还把朱湘的《草莽集》、闻一多的《死水》，视为胡适时代之后"两本最好的诗"；又大赞徐志摩的诗集《翡冷翠的一夜》中的诗作，有着"那充实一首诗外观的肌肉，使诗带着诱人的芬芳的词藻，使诗生着翅膀从容飞入每一个读者心中去的韵律"[1]，为别的诗人所未有。沈从文和朱光潜在诗歌形式方面的主张可以说是完全一致的，他们坚持新诗应该探索自己的形式，并且认为"从主观上去求诗的音乐"是必要的、值得的。从现代汉语诗歌的发展来看，时至今日，废名的主张又似乎更加切合当今诗歌写作的路径或潮流。

关于废名新诗理论上的歧义，还有一个问题值得探讨，即废名在自己的创作中是很注重形式的，这一点也早已为其他作家诗人、批评家所注目。比如周作人称废名在现代中国文学的独特价值，在于其"文章之美"。鲁迅说他在作品中"有意低回、顾影自怜"，如此看来他就不可能是一个不讲究形式的人。李健吾评废名道："唯其他用心思索每一个句子的完美，而每一个完美的句子便各自成为一个世界，所以他有句与句之间最长的空白，他的空白最长，也最耐人寻味。"[2] 以上各位谈论的是废名的小说、散文。废名则称他自己的诗是天然的、偶然的、整个的，他是"不写而还是诗的，他们则是诗人写诗，以诗为事业，正如我写小说"[3]。至此，我们可以意会，废名所说的诗歌不讲究形式，并非诗歌不要形式，而是这形式是妙手偶得、可遇不可求的，好比佛家说人人即佛、当下成佛一样。他说人家写诗如他写小说，也就承认了他写小说时是精心着意地追求形式的。如此看来，"新诗本不必致力于形式，新诗自然会有形式的"，这与其说是一种主张，不如说是一个恃才自傲者的放言，标示的是新诗的至高境界。

本文所涉的废名的新诗理论都发表在中国文学的"现代阶段"。废名在那一时期的诗歌观念，相对于新中国之后，尤其是经历屡次政治运动之后的诗歌观念，其差异之大真是不可同日而语。迟至1948年，废名在与同人讨论"今日文学的方向"时还抱持着这样的信念："我以为文学家都是指导别人而不受别人指导的。他指

[1] 沈从文：《论徐志摩的诗》，《沈从文文集》第十一卷，花城出版社、三联书店香港分店，1984年，第202页。

[2] 李健吾：《咀华集咀华二集》，上海：复旦大学出版社，2005年，第85页。

[3] 废名：《新诗讲义——关于我自己的一章》，陈建军编订《我认得人类的寂寞》，北京：新星出版社，2018年，第189页。

导自己同时指导了人家……历史上哪有一个文学家是别人告诉他要这样写、那样写的？我深知文学即宣传，但那只是宣传自己，而非替他人说话。文学家必有道，但未必为当时的社会承认。"[1] 参加这次讨论的一批老少先生，如朱光潜、沈从文、冯至，以及汪曾祺、袁可嘉等等，他们的文学观点、主张在当时已经显得孤异和落伍了，在即将到来的社会主义新中国，在火热的时代的感召和压力之下，终会各自出现看似不可思议的改变，而废名有关新诗的观念的改变尤其如是。

（选自《华中学术》2018 年第 3 期）

---

[1]　废名：《今日文学的方向——"方向社"第一次座谈会记录》，陈建军编订《我认得人类的寂寞》，北京：新星出版社，2018 年，第 203 页。

中国诗歌网作品精选

水淹橘子洲

谭克修

我帮副驾驶位置瘦弱的身体系好安全带
他安静地坐着
由于对城市过于陌生
有些兴奋，一路上左顾右盼
也有些怯意
好像不再是
有着古同村粗嗓门的男人
车开到橘子洲大桥
他望着宽阔的江面啧啧称奇
作为村里有名的木匠
很好奇这么长的桥怎么建起来的
我们的目的地是橘子洲的石像
他看石像的眼神很虔诚
也看到石像周围的橘子熟了
但我们的车冲过大桥的临时警示牌
驶入橘子洲时
这里已被洪水淹没
只剩下一些高的橘树
将树尖上的青涩小橘子奋力举出水面
父亲瘦弱的身体
不知何时已从副驾驶位置消失

告别

王家新

昨晚，给在山上合葬的父母
最后一次上了坟
（他们最终又在一起了）
今晨走之前，又去看望了二姨

现在，飞机轰鸣着起飞，从鄂西北山区

一个新建的航母般大小的机场

飞向上海

好像是如释重负

好像真的一下子卸下了很多

机翼下，是故乡贫寒的重重山岭

是沟壑里、背阴处残留的点点积雪

（向阳的一面雪都化了）

是山体上裸露的采石场（犹如剜出的伤口）

是青色的水库，好像还带着泪光……

是我熟悉的山川和炊烟——

父亲披雪的额头，母亲密密的皱纹……

是一个少年上学时的盘山路，

是埋葬了我的童年和一个个亲人的土地……

但此刻，我是第一次从空中看到它

我的飞机在升高，而我还在

向下辨认，辨认……

但愿我像那个骑鹅旅行记中的少年

最后一次揉揉带泪的眼睛

并开始他新的生命

213 ·

丁酉年春回乡即景

杨铁军

杨树叶子乍见

淡淡的鹅黄，一整排

迎道杨的戮力齐心

才勉为一丝春天的

勤恳。坟地上野草正荒。

远山的黛影
入不了回忆的法眼，
塔寺庙的浮屠
盘绕一群经文的燕子，
叽叽喳喳奢度黄昏。
苹果园或樱桃园，
追问被时代厌弃的
小麦田。

枯水期的河水啊，
我站在土崖高处看到你，
斑鸠的呱呱一遍遍
催促刀尺，再被土塬
空阔的回音器放大三次，
酸枣的枯枝扑哧一下
扎破了我的手指。

看到了你我才理解
深深的孤独，虽然历代有人
埋在周围，满面黄土
盖不住他们受苦的皱纹。
依然是你九曲十八弯
不减分毫。昨日宛然今朝。

历史掩埋了皇亲国戚，
在这片贫瘠的风水宝地，
有人挖出了瓷碗、兽骨
也有人挖出了印章的风流，
而它让我捡起的却是
一枚童年的黑漆皂角，
不知这些重见天日的丧器，
有否怀念地下的风光？

生活在这里，
有黄河裹挟，
这很难说有什么好处，
但你没得选择，
四川人来过，
为你抵御日寇，
河南人来过，
为你捕捉鲤鱼，
三门峡的泥曾为你
无谓地倒灌渭水，
传说中的大禹
站在这棵柏树下眺望，
为你疏通了命脉，
到如今，哪怕你
空空的体内
已无天下的富足，
在你的无底之心
大海依旧徒然无边，
在你生命的中途，
我亦觉得你的流淌
加深了个人的
枯寂

一艘渡船奋力挣扎，
哒哒哒，斜斜冲向上游，
然后在航道的中央熄火，
借着水势飘到对岸，
写成一个草草的人字，
水流激烈，起灭一眼眼的
漩涡，二十分钟左右，
缆绳缠住一棵摇摇欲坠的

柳树，在松软的河岸
临时刨开一个渡口，
手忙脚乱地放下吊板，
一脚踏上灵宝县的柳林。

蝴蝶之书
梁雪波

乌云下的书店是忧郁的，如孤岛
—— 一只迷路的蝴蝶
闯了进来，在暴雨来临前的
短暂的晦暗中，飞过旋转的楼梯
和轻叹，在尖绿的竹叶
与黑色的书架间上下翩舞

它的翅膀比拂动的书页从容
对称的乐器，此刻绚烂
寂静如午后的阳光
——世界似乎并没有改变
所谓另一个半球的风暴
折叠在某本旧书的预言里
或深藏于宇宙一样幽邃的内心

很难说水面上漾动的波纹，真的
与你无关；那湖心亭的锦瑟
奏弄的芳菲，莫不是一个翕动的梦？
沉坠于时间深海的潜水钟
从久远的幽闭处升起，一种绽放的声音
淹没了奔逃的耳朵

哦，这幻念之美应当感恩于误读？
是否倾斜的雨线也只对应着空空的长椅

蝴蝶与书店：一场错误的相会。
被急雨打开的书，又被燕尾
剪断了章节，撑伞的人带走彩虹和花蕊
带走你植物学的一生

没有蝴蝶飞舞的书店，将是贫瘠的
犹如丧失了秘密的词
吊灯下，只有潮湿的文字绝望地发芽
只有雨水从四面八方汇聚，在这
荫翳的书店杀死蝴蝶的书店
只有一块生铁在雨中发出腐烂的光

烈日
吴少东

礼拜天的下午，我进入丛林
看见一位园林工正在砍伐
一棵枯死的杨树。
每一斧子下去，都有
众多的黄叶震落。
每一斧子下去，都有
许多的光亮漏下。
最后一斧，杨树倾斜倒下
炙烈的阳光轰然砸在地上

放河灯，或星光
希贤

放河灯了，水面上点点星光
其中一盏是你

你离开那年，我九岁

最后一口抄手，你不吃了，要走
外婆把你的身子放平，让我去报丧
多少年了，一个女孩凄厉的哭声在我体内久久不散

风吹着我的小县城
回家的路是新的
老房子却没拆——我还能回来

你的家，匿藏了我人生的天真和不安
你的家，也是我的家——
我活捉过一只有鳞片的小怪物悄悄放进楼下的花坛
花坛里你种的草莓一露头总被我抢先吃掉
我和妹妹眼瞅着邻居弄丢了自行车后座的凉拌鸡窃喜地将它装进肚里
我偷偷舔舐你屋抽屉里的白矾以为自己快要死去
……做过的"坏事"没从指缝间溜走，我却在不断失去中将时光耗尽
要怎样说你才能听到呢

留在纸上的诗是一首诗的遗址

高鹏程

时间带走了它的气息、温度和光泽。
只留下一具躯壳。（不久以后，也许会化成骨殖，腐烂
也许，有的部位会成为化石）

之前，它们曾经焦灼于他的胸腔、头脑，充满
血丝的眼球
存在于他写下它们时
笔画的轻重，每一行字的缓急
以及敲击键盘时的哒哒声中。

其中一部分，在试图诞生之前
他就让它们消失了。

那是最隐秘的，它抿紧了嘴角。

一首留在纸上的诗
是一首诗的遗址。他带走了其中的快感、痛苦和绝望。
时间和雨水带来了荒草

他渴望有人能够找来，但却在沿途
布下了重重迷雾。

而合格的读者是一个考古学家
穿过荒草、时间和雨水
他打开了语言的封上
文字的墓砖

最后他打开了修辞的棺盖
它还在那里
一首成为骨骸的诗，兀自颤动它的骨殖。

219 ·

局 限

李埼

真是悲哀，被深深吸引的地方
我又一次力不从心
面色苍白，嘴唇乌青
几乎奄奄一息。"你这是高原反应"
我这可怜的、来自低处的人

肉身的尴尬和沉重
本身已形成隐喻或者提醒
天地大美，我却如此不堪
连呼吸都开始困难，如弥留之际

绝美的雪山和湖水

大自然最为幽微神奇的地方

那些魂魄之处，必有玄妙和暗藏的机密

而此刻，这一切正逐渐对我关闭

高原，这个词是泡开的雪菊

颜色渐深，缓慢散发着清冽的凉意

我是过客，即便来过数次

也只能是拾取领悟的碎屑

更为懂得，什么是局限

有些暗示，竟是从晕眩中获得

比如，什么叫作——适可而止

你看，那和牦牛在草地上玩耍的孩子

简直金光闪闪！那是默契的光芒

那个孩子，他张着两臂奔跑

随时都会飞起来，变成云朵或者星宿

远处，一群矫健的小羚羊

听到动静，忽然怔住，蓦然转身

头颅的轮廓，那么优美

停顿一秒，而后，它们似有所悟

继续奔跑，轻盈的身姿

飘逸如幻觉

木芙蓉

余笑忠

如今我相信，来到梦里的一切

都历经长途跋涉

偶尔，借我们的梦得以停歇

像那些离开老房子的人
以耄耋之年，以老病之躯
结识新邻居

像夕光中旋飞的鸽子
一只紧随着另一只
仿佛，就要凑上去耳语

像寒露后盛开的木芙蓉
它的名字是借来的，因而注定
要在意义不明的角色中
投入全副身心

阳山关
肖水

那次祖母病重，我千里迢迢赶回去。她被扶起靠在床头，青衣红裤，
白发一丝不苟。但手是软绵绵的，留下不少针孔。她偷偷嘱咐我千万
　要去
找巫师帮她喊魂。当晚寒冷异常，我在瑶人的寨子里，看见繁星满天，
火把上的火星随着山巅的风，滚落到峡谷里，似乎很快就要到我祖母
　的面前。

在老瓦山看见斑鸠
剑男

在早晨第一缕阳光中，我看见斑鸠
这些从暖巢中醒过来
被一句成语所构陷
并被庄子认为目光短浅的家伙们
正肥而不腻地坐在橡树的枝上咕咕叫
很长时间，我都没有

见到过体态如此可观的斑鸠
看来不用像从前躲着猎枪和弹弓后
斑鸠们的生活变得滋润了
你看它们肥硕而笨拙地飞行
净在矮灌和橡樟之间跳上跳下
似乎世界的高度就是它们腾跃的高度
让我这样一个颓唐的中年人
在幽暗的林中也有了欢快的脚步

三分之二的线团

辰水

剩下的线团，大约有三分之二的样子。
在田畴的一边，一个晃动秸秆的人
他像我的父亲。
但他却没有与我一样的面孔，
一样的大眼睛。

没有用完的线团，变得松散，像面包
却无法充饥。
田野里到处都是遗落的粮食，
不用多久，
会重新长出不合时宜的幼苗
它们会被拔掉，晒成枯草。

一股线，就是地界的另一个侧面。
我手持剩余的线团，
放绳——蹬紧——埋土……
于是，一边成了楚河
而另一边恍若汉界。

那三分之一的线团，去了哪里？

父亲传递到我手中的部分，
是有限的线。
下落不明的光阴，再一次从父亲的遗像前
匆忙滑过。

《仰山之三》
王煜
丝网版画
45×68cm
2016 年

玛丽·奥利弗诗选

／ 倪志娟　译

为何我早早醒来

你好，我脸上的阳光。
你好，早晨的创造者，
你将它铺展在田野，
铺展在郁金香
和低垂的牵牛花的脸庞，
铺展在

玛丽·奥利弗，1935 年 9 月 10 日出生于俄亥俄州枫树岭市，13 岁开始写诗，1955 年进入俄亥俄州大学，在那里读完一年级后，获得瓦萨大学的奖学金，便转学到瓦萨大学，但同样只读了一年，她就放弃了学业，专心写作。她长年隐居山林，创作多以山野自然为对象，被称为美国当代的"归隐诗人"。主要诗集有：《美国原貌》（1983）、《梦想的工作》（1986）、《诗选与新作》（1992）、《冬日时光：散文、散文诗、诗》（1999）、《为什么我早起》（2004）、《诗选与新作（二）》（2004）、《天鹅：散文、散文诗、诗》（2010）、《一千个清晨》（2012）、《狗之歌》（2013）、《蓝马》（2014）、《幸福》（2015）、《上游：文选》（2016）、《祈祷：玛丽·奥利弗诗选》（2017）。1984 年获得普利策奖，1992 年获得国家图书奖。2019 年 1 月 17 日，病逝于家中。

悲哀和想入非非的窗口——

最好的传教士，
可爱的星，正是你
在宇宙中的存在，
使我们远离永恒的黑暗，
用温暖的抚触安慰我们，

用光之手拥抱我们——
早上好，早上好，早上好。

瞧，此刻，我将开始新的一天，
满怀幸福和感恩。

雪鹅

哦，去爱那可爱的，无法长久的事物！
如此艰难的使命，
无法期待于

其他人和物，

它属于我们，
不是以世纪或年来度量，而是以小时来度量。

某个秋日，我听见
头顶，刺骨的风之上，有一种
陌生的声音，我的目光投向天空；那是

一群雪鹅，它们的翅膀

比寻常的雪鹅拍得更快，
雪的颜色，披着阳光，

因而，部分变成了金色。我

屏住呼吸，
如同
某种奇迹
降临时
我们所做的那样，
想让时间停止，

如同一根火柴，
被点燃，发出亮光，
但并不像通常那样
带来伤害，
而是带来喜悦，
仿佛喜悦
是你曾感受到的
最严肃的事。

鹅
飞走了。
我再没
见过它们。

或许，我会再看见它们，在某时，某地，
或许不会。
这无关紧要。
重要的

是，当我看见它们时，
我仿佛透过纱幔
看见了它们，神秘，欢乐，清晰。

逻各斯

为何要惊讶于面包和鱼？
假如你说出正确的词，酒会增多。
假如你说出它们，怀着爱，
怀着那份爱可感知的残忍，
怀着那份爱可感知的必要性，
鱼会突然变成许多条。
想象他，正在说着，
无须担心何谓现实，
何谓坦诚，何谓神秘。
假如你曾在那儿，事实即是如此。
假如你能想象它，事实即是如此。
吃，喝，享受幸福。
接受奇迹。
也接受，每一个
怀着爱吐露的词。

这个早晨我看见鹿

这个早晨，我看见鹿
用美丽的唇触碰
蔓越莓的顶端，它们的足蹄
漫不经心地踏在湿地，那正是
它们房间的地毯，是它们以天空为屋顶的
家。

那么，我为何会突然难过?

好吧，没什么大不了的。
这只是看见燕子在屋檐下穿梭时
身体的沉重感。

是渴望鹿不要抬起它们的头，
跑开，将我孤零零地留下。
是渴望去抚摸它们的脸，它们棕色的脚腕——
将一些闪烁着光芒的诗篇唱入
它们的耳中。

然后与他们一起
越过
重重山冈，

进入不可能存在的树林。

这个世界

我想写一首关于世界的诗，其中
没有美妙之物。
这不大可能。
无论主题是什么，清晨的太阳
都照耀着它。
郁金香感受到热，绽开它的花瓣，
变成一颗星。
蚂蚁钻进牡丹的花苞，里面藏着一个
针孔似的甜蜜暗井。

至于沙滩上的石头，请忘了它吧。

每一块都被镀成了黄金。

我试着闭上眼，但鸟儿们仍在

歌唱。

白杨摇晃着叶子奏出

最甜美的音乐。

猜猜接下来会是什么，一种凝重

而美丽的沉默

降临我们，一份训导，只要我们不过于匆忙

就可听见。

对蜘蛛而言，即使它们什么也不说，

或者看上去什么也不说，露珠仍悬挂在它们的网上。

世界如此美妙，谁知道呢，或许它们会歌唱。

世界如此美妙，谁知道呢，或许星星们也会歌唱。

而蚂蚁，牡丹，和温暖的石头，

如此幸福地待在它们所在之处，在沙滩上，而不是

被锁在黄金之中。

231 ·

建设者之歌

一个夏季的早晨，

我坐在

山坡上

思考上帝——

这是一种有意义的消遣。

我看见不远处，

一只蟋蟀；

正在搬移山坡上的谷粒，

这样搬一下，那样搬一下。
它的精力多么充沛，
它的努力多么卑微。
让我们祝愿

它始终如此，
让我们每个人继续
用我们不可思议的方法，
建设这个宇宙。

十一月

雪
缓缓飘下，
最初是温柔的，
从容的，

稀疏的雪花，然后是大团大团的，
在风的篮子中，
在树的
枝条中——

哦，多么可爱。
我们走过
不断增长的寂静，
当雪花

刺痛道路，
然后覆盖它，
堆积，凝结，

变深，

当风变大，
更粗糙地
塑造它的作品，
迈着更大的步伐，

走过山冈，
穿过树林，
最后，
我们离家很远，

感到了冷。
我们转身，
跟随我们长长的影子
走回房子，

跺跺脚，
进去，关上门。
透过窗子，
我们能看见

四月的大门多么遥远。
让火在此时
戴上它的红帽，
对着我们歌唱。

流连于幸福

　　干旱多天之后下了一场雨，

空气凉爽，幽静而清洁，树下，
水珠，受重力吸引，
从一根根枝条，一片片叶子，流进地面，

它会在那里消失——当然，只是从我们眼中
消失。橡树根，青草白色的静脉和青苔
将分享它们；
少数几滴，圆润如珍珠，将进入鼹鼠的地道；

很快，那些小石头，被埋藏了一千年，
会感到它们正在被爱抚。

"稍等片刻"，一个声音说……

"稍等片刻，"草丛中一个声音说。
于是我静静地站在
优雅的晨光中，
没有用我的大脚踏碎
某种微小或非比寻常的事物，它们碰巧经过
我前往蓝莓地时
所经过的地方，
也许是蟾蜍，
也许是六月金龟子，
也许是粉色、柔软的虫，
它无需四肢和眼睛，即完成了自己的使命，
而且完成得很好，
也许是行走的枝蔓，仍然虚弱，
谦卑地走过，寻找着一棵树，
也许，就像布莱克令人惊叹的相遇，是
小精灵，用一口玫瑰花瓣的棺材

装殓了他们中的一个，远去，远去，
没入深深的草丛。片刻之后，
这个最奇异的声音说，"谢谢你。"然后是静默。
剩下的故事，我想让你继续好奇。

黄足鹬

伴随三声尖锐的鸣叫——每一声都有彩虹的形状，
　　黄足鹬展开结实的翅膀飞到细小的波纹
和小鱼所在之地。它有

数不清的斑纹，一个长脖颈，一双
　　明亮的眼睛，膝盖像即将绽放的
黄玫瑰花蕾。水，幽蓝

而透明。鱼
　　几乎不可见，但它们黑色的影子
掠过水底冰凉的
　　沙子。它们的数量也多到数不清——

那么多，再加上已消失在
　　黄足鹬长长的、稍稍弯曲的喙中的二三条。
二条或三条，足以满足食欲——虚无
　　和万有之间
全部的差异，不过是：这片海洋，这个世界。

再看一看

也许，你从没留意过蟾蜍，
他的舌头并不长在他的口腔后部，而是

长在他的口腔前部——它伸得多远啊，
当苍蝇在近前的一片叶子上盘旋！或者，

他的前脚，有时像垫子，有三只灵敏的
脚趾——无论
多么小的一架钢琴，蟾蜍也能学着
弹奏，也许弹一点莫扎特，在
沙丘阴凉的地下室——如果

眼睛鼓起，它们有金色的眼眶，
如果微笑幅度过大，就不再消失，
疣，暗褐色皮肤上细微的隆起，既不是
随机生长的，也不是悲伤的标记，而是
珠宝的细流，以信奉和愉悦的形式，
在他们弯曲的背上来回流动，在阳光下，美好，生动。

灵魂，最终

主可怕的仁慈降临于
我。

它只是一种小小的银色之物——一块
银色的布，一千个被编织在一起的
蛛网，或者一小丛白杨
叶，银色的背面闪烁着。
它跳出闭锁的棺材；
它飞进空中，急促地
绕着教堂柱子舞蹈，穿过天花板，
消失了。

简单地说，我指的是一个至爱的人消失了。我

盯着教堂长椅上的人，他们中有的

正在流泪。我知道有一天，我必须写下

这点。

（选自《去爱那可爱的事物》，外语教学与研究出版社，2018年1月版）

用词语站回那一刻

——《去爱那可爱的事物》序言

/ 倪志娟

一

　　阅读奥利弗的诗，我们遭遇的仿佛不是文字，而是自然本身，有些事物令人印象深刻，比如池塘、睡莲、蛇、猫头鹰、熊……它们反复出现，被赋予了鲜明个性，成为奥利弗的诗歌标志。

　　将自然作为诗歌的绝对主题使奥利弗常常被归入华兹华斯、济慈、爱默生、梭罗、惠特曼等诗人所构成的自然主义诗歌传统中，奥利弗本人也认可自己与这一传统的关联，她在随笔中多次提及了这些诗人对她的影响。不过，相比于这些诗人，奥利弗依然具备独特的质地。她在诗歌中既没有确立人高于自然的等级制法则，也没有对自然进行单纯的理想主义包装，而是力图呈现真实的自然，对自然的生与死、美与残酷这两面都予以观照。她对自然怀抱一种悲欣交集的态度：自然"没有目的／既不是文明的，也不是理智的"（《雨》），它包含着死亡与恐惧；自然也不是巴塔耶似的"一块石头、一座雕像，永远恬静地安息"，它包含着生机、流动与美。

　　在奥利弗的诗歌中，自然的生死两面性最突出表现在猫头鹰与猎物、熊与蜜蜂这两组动物身上。她对猫头鹰与熊极为偏爱，多首诗写到了它们。这两种生物在她的诗歌中出场时总是带有死神的气度：猫头鹰鸣叫时，血腥的气息弥漫在树林，"这是猫头鹰的树林／这是死亡之林／这是生命维艰的树林"（《森林》），它的鸣叫伴随着猎杀和吞噬；熊在饥饿的驱使下找到蜜蜂的巢穴，如同一只雪橇似的冲进去，给勤劳的蜜蜂"带来打击和利爪"（《果园里的黑熊》），让它们消失于自己的呼吸之中。奥利弗将生物之间的残杀与吞噬视为自然的生死交替过程，当猫头鹰捕食兔子，当熊吃下蜜蜂，它们自身也是"兔子"或"蜜蜂"，也会被死亡所捕获：

> 有一天，当然，熊自身
> 也会变成一只蜜蜂，一只采集蜂蜜的蜜蜂，在普遍
> 联系中。
> 自然，在她长长的绿发下，
> 拥有那种坚定不移的法则
> ——《果园里的黑熊》

每一种生命都从属于生死交替的有机循环体，这种循环构成了自然的生机，也构成了每一种生命的意义：

> 假如我是我曾经所是的，
> 比如狼或者熊，
> 站在寒冷的岸边，
> 我将仍然能看见它——
> 这一次，鱼如何轻松地逃脱了，
> 或者，片刻之后，
> 它们如何滑进一束黑色的火焰，
> 又从水中升起，
> 与鲱鸟的翅膀紧紧相连。
> ——《鲱鸟》

这种意义不是基于人类的价值判断标准，而是基于生命本然的状态。

奥利弗在诗中反复表达了一种观点："既不是文明的，也不是理智的"，自然，才是人类的归属地，她甚至将主体性赋予自然界的所有生物乃至于无机物。奥利弗所理解的主体性并非由理性、观念、知识建构起来的超越性自我，而是灵魂本身，最终，奥利弗的诗歌讲述了许多灵魂的个体故事，它们没有高低秩序之分，在自然中各安其位，共同组成了一个有机和谐的世界：

> 小块花岗石，矿石和片岩。
> 它们每一个，此刻，都沉沉睡着。
> ——《智者说，有些事物》

> 百合心满意足地
> 站在
> 花园，
> 并未完全睡去，
> 而是
> 用百合的语言

> 说着一些
> 我们无法听见的私语……
> ——《百合》

这是一种自我圆满的状态，每一种生命与外在环境水乳交融，它们屈从于生死变迁、生态食物链和自身的有限性，却仍然保持着生命的尊严，努力让自己的生命焕发光彩。在自然中，灵魂既不是人所独有，人亦不再是万物的灵长，人的生命形态和自然万物平等，人不比自然之物——比如青草——更好，或者更差：

> 这个早晨，我想，与莫奈的睡莲相比，
> 睡莲没有减去一丝一毫的美，
> 而我并不渴望用更多实用的、易驾驭的事物，引导

孩子们走出田野，进入文明的
课本，告诉他们，他们比青草
更好（或更差）。
——《清晨，我的生日》

　　这种自然观与西方主流文化所认同的人类中心说和等级秩序说有着根本区别，更接近于美国本土印第安人的世界观。美国本土印第安人没有在物质和精神之间画出一条固定不变的界限，也没有产生二元对立的观点，他们倾向于将人类社会、自然界和宇宙看成一个整体，所有的个体生命都是伟大的产物，拥有共同的创造者，都是平等的，共同组成了一个有序、平衡、生机勃勃的整体，人类并无高于其他物种的特权。这样的世界观体现了一种强烈的"诗性智慧"。奥利弗以领悟的形式将这些原始文化所包含的诗性智慧融入了自己的诗歌之中。比如，她对猫头鹰的描述就带有明显的印第安文化元素，印第安人常常将猫头鹰视为逝者灵魂的携带者，在奥利弗的诗歌中猫头鹰也具有这种灵魂携带者的神秘气度。不仅如此，奥利弗的多首诗歌直接以印第安文化以及类似的原始文化为主题，例如《了解印第安》《爱斯基摩人没有关于"战争"的词汇》等诗，在这些诗中，奥利弗赞美了原始文化质朴、和谐的特征。

　　然而，置身于西方文化的二元对立结构中，奥利弗不能不持有一种生命的悲哀：以"理性"为核心的文明（包含各种知识、观念、"大写的人"的主体性概念）造成了我们与本源（自然、灵魂、圆融的自我存在形态）的隔阂，个体身份的获得往往意味着自我与他者、人与自然之间的鸿沟，人丧失了自然之物的那种自在状态。
　　针对这种永恒的失落境况，奥利弗在自然中的行走如同一种回溯：摆脱思想回到原始的整体世界，回到身体与灵魂统一的自在状态，她渴望变成自然中的另外一种生命，变成一只狐狸或者猫头鹰，变成一棵玉米或者小麦，突破人类与自然之间的障碍，消融于自然的完整之中：

　　……我继续沉浸其中，我的头发

241 ·

> 披在身后；
>
> 像玉米、小麦，闪耀着价值的光芒。
>
> ——《云》

这种交融是一种融合了精神、身体、感性经验的行为，是感知的快乐游戏，是真正的回归而不是存在主义的深渊或沉沦。这种交融，类似于庄子所谓的物化和虚空境界。

二

庄子曾以梦蝶的寓言来阐释物化："昔者庄周梦为蝴蝶，栩栩然蝴蝶也，自喻适志与，不知周也；俄然觉，则蘧蘧然周也。不知周之梦为蝴蝶与，蝴蝶之梦为周与？周与蝴蝶，则必有分矣。此之谓物化。"（《庄子·齐物论》）陈鼓应对此解释为：物我界限之消解，万物融化为一。这种物化的境界即是一种虚空境界，庄子说："唯道集虚，虚者，心斋也。"（《庄子·人间世》）虚空是一种空明的心境，依托于物质性的身体，却触及了自由和无限。

从审美角度而言，奥利弗的回归与庄子的物化和虚空，都是一种和合的审美境界，如同宗白华先生所谓的"静照"，"静照"的起点在于空诸一切，心无挂碍，一点觉心，静观万象，自得、自由的各个生命在静默里吐露光辉。

奥利弗在诗歌中尝试了多种"物化"途径：

1. 在观看中认同。在自然中行走时，观看是一种最便利的行为，奥利弗特别强调看，每一种物化的途径几乎都起源于一个看的动作。在史蒂芬·拉蒂纳（Steven Ratiner）的访谈中奥利弗说过，她将看视为诗歌的起点："我看见某种事物，看着它，看着它，我看见自己离它越来越近，看得越来越清楚，仿佛要透过它的物质形式看见它的意义。"

看，让看和被看对象之间建立起关联，然后一系列动词（动作）持续不断地消融两者之间的鸿沟，"我性"逐渐外移，移到其他事物身上，而其他事物的"他性"也逐渐移到"我"的身上，交融完成了。

看，使诗人和世界之间建立了深刻的亲缘关系：

我看着；从早到晚，我未曾停止观看。

我说的看，不是只站着，而是
敞开怀抱似的站着。

并且思考：有些事物也许会降临，一些闪光的
风的线圈，
或者，老树上飘落的几片叶子——
它们都在其中。

现在，我将告诉你真相。
世上的万物
降临。
至少，更近了。

——《寺庙从何处开始，在何处结束？》

2. 通过某种具体的行动达成与自然的交融。除了看之外，奥利弗在诗中描述了她与自然之物进行接触的多种动作，包括：饮，吃，采摘，行走，想象中的飘飞（肉体的溶解和消失）……

比如，在《黑水塘》一诗中，她的行动是举起一捧水"慢慢饮下"，水包含了石头、叶子和火焰的味道，进入她的体内，唤醒了她的身体，她成为万物之一，片刻的交融令人心驰神往，又怅然若失。

在《鱼》《桌上的蜂蜜》《八月》等诗中，奥利弗强调的是吃，吃是一种与自然直接交融的仪式，哪怕这种吃有时是动物与动物之间的捕食：

我剖开它的身体，将肉
与骨头分离，

吃掉了它。现在，海
在我身体里：我是鱼，鱼
在我体内闪闪发光……
——《鱼》

"鱼进入我体内"，这是生物的有机循环过程，一种生物进入另一个身体固然意味着个体的死亡，同时也意味着进入了生生不息的生物循环系统之中，消除了自我的个体性，让其超越自身的死亡确立了一种真正的"主体间性"。

3. 冥想中渗透。奥利弗在自然中的行走常常会进入一种冥想状态，她自己在访谈中提及了这种不自觉的冥想状态——她以为自己在散步，但别人看到她只是站在原地发呆。她在《鲁莽之诗》中描述了这种冥想状态：

今天，我又一次几乎不再是我自己。
它反复地发生。
它是天赐的。

它流过我，
像蓝色的波浪。
绿叶——不管你信不信——
有一两次
从我的指尖萌芽，

在树林
深处，
在春天鲁莽的占领之中。

这种冥想的行为最接近庄子所谓的坐忘。庄子在说"形"时，强调"忘"："故德有所长而形有所忘。人不忘其所忘而忘其所不忘，此谓诚忘。"（《庄子·德充符》）所谓坐忘，庄子解释为："堕肢体，黜聪明，离形去知，同于大通，此谓坐忘。"（《庄子·大宗师》）庄子所谓的忘，不是记忆的概念，而是"注意"的概念。在道的发展过程中，用记忆不能解决问题，只能用注意来解决。而奥利弗在诗歌中反复强调的正是这种专注的态度——"attention"和"notice"，以此作为进入冥想——"忘"——的方式。

4. 权威似的断言。在有些诗歌中，奥利弗会以充满训诫的口吻发言，表达一种明确的价值认同，比如，在《野鹅》《开花》《当死亡来临》《音乐》等诗中，她直接表达了对身体、对自然世界的认同，表达了与自然交融的强烈愿望：

> 你不必善良。
> 不必跪行
> 一百英里，穿过荒凉的忏悔。
> 你只要让你温柔的身体爱它所爱的。
> ……
> ——《野鹅》

> 当池塘
> 绽放，当火
> 在我们中间燃烧，我们
> 深深梦想着，
> 赶紧
> 进入黑色的花瓣，
> 进入火，
> 进入时间碎成齑粉的夜晚，
> 进入另一个身体。
> ——《开花》

这种权威似的口吻没有确立一个大写的主体，它伴随着行动，要求读者加入这种行动，其方向是通过自然提供的想象，获得"你在万物中的位置"，这个方向将消除发言者的权威性。

5. 旁观似的欣赏。有时候，奥利弗的看止于一种真正的旁观，观看自然之物的自在状态和生命的价值，她的目光中带着欣赏、认同和悲悯，这是一种"沉默的敬畏"：

> 它们不像桃或南瓜。
> 丰满不属于它们。它们喜欢
> 瘦，仿佛为了踏上狭窄的
> 路。豆子们安静地
> 坐在绿色的豆荚中。有人
> 出于本能小心地摘下，
> 不会扯断精致的藤蔓，
> 不会无视它们脆弱的身体，
> 不会感受不到它们
> 对锅，对火的情义。
> ——《豆子》

在这些诗歌中，奥利弗将自己的姿态放到很低，低到尘埃之中，以一种"无我"似的笔触突出了所看对象的生命存在和价值。

6. 倾听与交谈。奥利弗将世间万物看作同等的主体，她的倾听与对话不限于人与人之间，更多时候是在人与万事万物之间进行。

奥利弗注重倾听自然的声音，如同庄子所谓的倾听天籁。这种倾听与她的观看和对话常常是同步的，对话有时是直接的，有时是潜在的，更多时候，她在和假想的读者（听众）对话，通过对话将读者（听众）植入她所在的场景之中，让读者（听众）与她的所见所闻达成一种交融：

> 这是一个
> 会让你心碎的故事。

你愿意倾听吗？
——《引领》

她希望读者倾听的故事发生于万物之间，人类的语言无法呈现，她只是召唤读者（听众）和她一起在场，亲自去倾听并领悟万物的言说，倾听无数个"身体发言的方式"。在这个意义上，奥利弗既是又不是自然的翻译者——她深知翻译的不能，但她通过庄子似的"忘言"和行动的引领召唤读者进入那个"不可言说的"中心。

三

行动，是理解奥利弗诗歌的关键词。行动，一方面是指在自然中回溯、观看、倾听、冥想……另一方面，则是书写。奥利弗将自然看成一个流动、循环、生生不息的整体，当她走进的时候，并未将自己从自然的流变进程中孤立、对立开来，而是让自己加入这一流变过程之中，她作为诗人的创作活动与这一过程也并不矛盾。书写之于自然，如同她在《牵牛花》一诗中所描述的收割者与牵牛花的关系：

收割者的故事，
是无穷无尽、细致而忙乱的

劳作的故事，但是
收割者无法
将它们清除，它们

生长在他生命的故事中，
明亮，散漫，无用……
——《牵牛花》

这意味着，书写与万物的生命活动是平行的（adequation），书写同

样是一种交融、一种在自我中发现他性（otherness）、一种苏醒并流入
自然的行动，是用文字再现那种物我同一的状态，是"用词语站回"那
一刻：

> 于是，我创造了一些词语，
> 用这些词语站回
> 野草的岸边——
> 用这些词语去说：
> 看！看！
> 这黑色的死亡是什么？
> 当它敞开，
> 像一扇白色的门。
> ——《白鹭》

　　书写不是对自然的占有，语言也不再是对自然万物的反映或对超验真理
的表达，"它的目标不是认识的真理性，它只是引发无尽的体验、领会和启
示"。奥利弗没有通过书写为自然强加一种文化意义，而是通过书写理解、
发现自然在我们自身内部的存在根脉。不仅如此，奥利弗对与语言形成依托
关系的知识、理智始终保持着质疑，她在诗歌中追求一种与语言逆向的行动，
努力践行那种超验性感悟：

> 漫溢的乡愁
> 从骨头里
> 发出请求！它们
> 多想放弃长久跋涉的
> 陆地和脆弱的
> 知识之美，
> 投入水中，
> 再次
> 变成一个感觉混沌的

明亮的身体……
——《大海》

书写指向回归自然的行动，唯有这样，它才能安慰人的命运，这种安慰并非消极的逃避，并非如马拉美所说的，"世界存在的一切，都是为了结束在一本书中"，书写为奥利弗带来的安慰是，它让一切存在的东西可以被铭记，让书写者可以"想象性地安居于"客观世界，语言是中介，是摆渡的工具而不是最终目的，语言记录的不是诗人对世界的认识，而是对世界的感知（perceive）以及对世界的尊敬（honor）。这种言说方式是摆脱我们的偏见和傲慢走向谦卑的方式，希望读者借助她的诗言，抵达一种自我体验——沉浸于自然之中，乃至化身为某种自然之物。

因而，她的诗歌为读者提供的不是一个静态的文本，而是一种修炼的路径，它指向一种行动，诉诸读者的身体行动而非理性，它会让那些用心阅读的读者趋向沉默——停止无休止的语言层面的思辨，去采取行动——去体验、沉浸、聆听，最后达成一种自我改变。

她的诗歌由此保持了一种开放性，一种不确定性和空白，等待读者的认同和介入。她的很多诗歌的结尾都是开放的：

哦，这转瞬即逝的美妙之物
究竟是什么？
——《黑水塘》

而我躺在岩石上，抵达了
黑暗，一点一点学会
去爱
我们唯一的世界。
——《海星》

无论
你想叫它什么，它是

249

快乐，它是进入火焰的

另一种

方式。

　　　　——《日出》

这些结尾都指向一种开放性的行动。

体验与创作，是奥利弗生命的两个维度，彼此不可或缺。前者是自我消融、进入他者的一种生命体验，而后者则是对成为他者的那种生命体验的再现，是她对个体性的坚持。将体验行动作为书写行动的基础、核心和本体，表现了奥利弗的一种决心：渴望从十九世纪下半叶以来汹涌的"意象与概念"的潮水中退出来，"致力于培养内心世界的孤独与好奇"。

四

在动荡喧嚣的现代世界，玛丽·奥利弗为我们提供了一种质朴的生活景观。

1935 年，奥利弗出生于俄亥俄州的枫树岭市，十三岁开始写诗。1955 年进入俄亥俄州大学，在那里读完一年级后，她获得瓦萨大学的奖学金，转学到瓦萨大学，同样只读了一年，她就放弃学业，专心写作。从这时开始，奥利弗明确了写作为自己终身追求的事业。

在持续近七十年的写作生涯中，奥利弗坚持了一种孤独而专注的生活方式。她将物质需求降到最低，小心翼翼地回避了任何一种世俗意义上的职业追求，以此保证身心的最大自由。她有意选择一些薪水低而又无趣的工作，在保证自己肉体生存的前提下，摒除了生活的种种琐事，专心沉浸在自然和写作中。她说："如果你愿意保持好奇心，那么，你最好不要追求过多的物质享受。这是一种担当，但也是朝着理想生活的无限提升。"她的生活方式总是这样的：每天五点起床写作或散步，九点去上班。她最需要的是"独处的时光，一个能够散步、观察的场所，以及将世界再现于文字的机会"。普林斯顿为她提供了她所需要的隐秘生活，使她得以在一种不受干扰的情形下写作。

奥利弗与她的时代保持着深刻距离，政治事件、技术进步、人际变迁，很少出现在她的诗歌中。她没有受到时尚的干扰，也拒绝加入诗歌圈子。她认为诗歌圈子由众人组成，加入其中往往意味着要去迎合众人的口味，尤其要迎合组织者的口味，这必然会损坏一个诗人独特的个性。"从没有一个时代像今天这样，有如此多的机会可以让一个诗人如此迅速地获得一定的知名度。名声成为一种很容易获取的东西。到处都充斥着杂志、诗歌研究中心、前所未有的诗歌研讨会和创作协会。这些都不是坏事。但是，这些对于创作出不朽的诗歌这一目标来说，其作用微乎其微。这一目标只能缓慢地、孤独地完成，它就像竹篮打水一样渺茫。"

她通过阅读伟大的诗人来完成交流与学习，对于奥利弗而言，这些诗人不是以诗歌的形式，而是以大自然的形式呈现于她，她沉浸其中，就像沉浸于宇宙的永恒流动。1984 年，她的第五本诗集《美国始貌》（American Primitive）赢得普利策诗歌奖，受到的关注越来越多，但她没有因此改变自己的孤独状态，仍然坚持自己隐居似的生活方式。她喜欢隐身在自己的作品之中，不仅她的诗歌极少涉及个人生活，即便在新书出版、获奖之后接受必要的采访时，她也避免谈及自己的私生活。她认为，作品说明了一切，"当你更多了解作者时，就是对作品的伤害"。

孤独使奥利弗成功保持了自己的风格和品质。她的孤独不同于很多诗人的孤独，她的孤独不是一种折磨，而是一种全身心的沉浸，她享受着孤独，她快乐地孤独着——需要强调的是，这种快乐绝非一般意义上的快乐，而是一种欣赏自然万物并融化在其中的快乐——这种快乐，也许才是孤独的本质所在，是人类社会，特别是我们这个时代的人所真正需要的养分。这种生活方式近似于中国古代隐逸诗人的生活方式，事实上，奥利弗本人也极为认同中国传统文化，两者的契合在她的诗歌中有迹可循。她对中国传统诗人的描述（她在诗歌中多次以直描或隐喻的方式提及了中国传统诗人），对中国审美意境的描述，都反映了她对中国传统文化的领悟和吸收。

关于诗歌创作，奥利弗有自己独到的见解。她在《诗歌手册》《舞蹈法则》等书中用朴素的语言描述了诗歌创作的步骤，包括练习、模仿和阅读。

奥利弗尤其强调诗歌创作的练习和模仿，将诗歌创作类比于绘画与音乐创作，"画家、雕塑家和音乐家需要了解他们各自领域的历史以及流行的理论和技巧。诗人同样如此。即使很多东西无法教会，仍然有大量的东西可以通过学习去掌握。"既然绘画与音乐演奏强调模仿与练习，那么诗歌也可以通过模仿与练习来提高，盲目地要求初学者一味地写下去，很容易形成固定的、粗糙的程式化写作模式，只有通过大量的模仿和练习，才能最终形成自己的风格。写诗需要专门的知识和技巧，而练习是掌握诗歌知识和技巧的过程，"说到底，是技巧承载着个体的理念，使其突破庸常性"。技巧的掌握可以帮助创作者处理不同的题材，根据需要变化语调，形成成熟的风格而不是机械的写作惯性。"如果不允许模仿，那么我们在这个世界上能学到的东西将少得可怜。只有通过反复模仿，掌握了坚实的基本技巧，才能产生一些微小却又非比寻常的差异——使你能区别于他人。"正如她将创作视为一种交融和分享，她对创作练习中模仿、阅读的强调，也是让自身的写作融入诗歌史的过程。

奥利弗保持着旺盛的创作力，她一共出版了十多本诗集，包括两本具有代表性的选集。本诗集出版于 2004 年，收录的是她当时新创作的诗歌，这本诗集中的诗歌继承了奥利弗一以贯之的自然主题，同时也有一些变调，从中我们可以听到一位近七十岁的诗人向这个世界优雅而含蓄的告别，也可以听到历经岁月与风霜磨砺（包括至亲之人的辞世）之后的睿智，被时间反复淬炼过的、更纯粹的祈祷和赞美。

王海洋诗选

/ 远洋 译

入口

在身体里，一切都有价值，
我是一个乞丐。跪下，

我注视，透过锁孔，不是
那男人在淋浴，而是雨

落遍他全身：吉他琴弦噼啪作响

王海洋（Ocean Vuong，1988—　）出生于越南西贡，两岁时移民美国。他在布鲁克林学院获得 19 世纪英国文学文学士学位，在诗人和小说家本勒纳指导下学习，从纽约大学获得硕士学位。他在《纽约客》《纽约时报》《波士顿评论》等刊物上发表了很多诗歌和散文。他的第一本小册子《焚烧》是美国图书馆协会为著名的 LGBTQ（lesbians、gays、bisexuals、transgender 和 queer 的英文字母缩略词）图书挑选的 2011 年"飞越彩虹"诗集。 2013 年，他的第二本小册子《NO（Yes Yes Books）》问世。2016 年，铜峡谷出版社发行了他的首部完整诗集《出口创伤累累的夜空》，同年 4 月出版社进行了第二次印刷，入选《纽约时报》《波士顿环球报》、美国国家公共广播电台、《迈阿密先驱报》《旧金山编年史》《图书馆杂志》等众多媒体"年度最佳图书"。目前，他住在马萨诸塞州北安普敦，是马萨诸塞大学阿默斯特分校 MFA 项目助理教授、昆迪曼研究员。

在他球形的双肩上方。

他在歌唱，这就是我记得
这事的原因。他的声音——

它完全充满我
像骨架。连我的名字

也在我内心跪下，请求
被饶恕。

他在歌唱。这就是我记得的一切。
因为在身体里，一切都有价值，

我活着。我不知道
有更好的理由。

那一天早晨，我父亲会停步
——一头黝黑的小马驹驻足在暴雨中——

忒勒马科斯 [1]

像任何一个好儿子，我把父亲
从水中拖出，抓住他的头发

把他拖过白沙，他的指关节刻出一道痕迹
波浪涌入擦去。因为彼岸

那座城市不再在我们离开
它的地方。因为被炸毁的大教堂

---

[1] 希腊神话中奥德修斯和珀涅罗珀之子，助其父杀死向珀涅罗珀求婚的人。

现在是一座树林的大教堂。我跪在他身边
看见我可能下沉

多么远。你知道我是谁吗，
爸？但回答从未响起。回答

是他背后的弹洞，注满
海水。他那么安静，我想

他可以是任何人的父亲，被发现
像一只绿瓶子可能出现

在一个男孩脚边，装着
他从未触摸的一年。我触摸

他的耳朵。没用。我把他
翻转。面对它。大教堂

在他海黑色的眼里。这张脸
不是我的——但我将会带着它

去吻我所有情人道晚安：
就像用我自己的嘴唇

加盖父亲的唇印，开始
关于淹死的忠实作品。

特洛伊

一根黑暗手指的价值出自黎明，他走进
一件红裙子。一片火焰被困于

一面棺材宽的镜子中。铁器闪烁

在他咽喉后面。一道闪光，一个白色

星号。瞧

他怎样舞蹈。他旋转时瘀青的壁纸

脱落成钩子，他的马

头的影子被抛掷到家人

画像上，玻璃在它的污斑下面

爆裂。他移动，像其他人

骨折了一样，让那些门最简短地展现。那裙子

绽开花瓣从他身上脱落

如苹果皮。仿佛他们的剑

在他体内

并不锐利。这匹马有着人类的

脸。马腹装满刀剑

和残暴的畜生。仿佛舞蹈能够使他的谋杀犯的

心跳从他两肋间的

搏动中停止。多么容易从一个穿裙子的小男孩

那闭着眼睛的红色

消失

在他自己飞驰的

声响下，一匹马怎样奔跑直到它毁灭

变成气候——变成风。多么像

风，他们将看见他。他们将看见他

最清晰地

当这座城市燃烧时。

一点点靠近边缘

年轻得足以相信没有什么

会改变他们，他们大踏步行走，手拉手，

进入弹坑。夜晚布满

黑牙齿。他的假劳力士，破碎

几周以来贴着她脸颊，此刻暗淡
像微型月亮在她头发后面。

在这种说法中，蛇是无头的——静止不动
像从情人足踝上解开的一条绳索。

他提起她的白棉裙，裸露
又一个小时。他的手。他的双手。那些音节

在它们里面。啊父亲，啊预兆，在她体内
压迫她——仿佛田野用蟋蟀的呻吟

撕碎自己。让我看看废墟怎样从髋骨里
创造一个家。啊妈妈，

啊分针，教教我怎样
抓住一个男人就像渴望

抓住水，让每条河嫉妒
我们的嘴。让每个吻袭击身体。

头朝前

你知道吗？一个女人的爱
会不顾骄傲
就像火
不顾它燃烧之物的
哭喊一样。我的儿，
即使明天
你会有今天。

有些男人摸乳房
像摸天灵盖。
有些男人怀揣梦想
在高山之上，这些死人
仰卧着。
但只有妈妈能带着第二个
跳动的心脏的重量
行走。
傻孩子。
你可以迷失在每本书里
但你绝不能忘记自己
就像上帝忘记他的双手那样。

当他们问你
从哪里来时，
告诉他们，你的名字
是一个战争妇女的血肉
喂养的，她没有牙齿。
因为你不是出生——
而是头朝前，爬出——
进入狗群的饥饿。
我的儿，身体是一把刀
通过削砍
变锋利。

测度

在康涅狄格州的纽镇后面

我不知道白色母驴的名字
她摇晃在晨光中，鬃毛因为雨

呈现淡蓝色，但我的嘴
已发现最温暖的静脉

在她的下巴下面——假如我的骨头
被锤打成一个男人

懊悔的形状，那又如何。
我只是在这儿增长

沉默，虽有音乐。在密室里
很难只用一个词

去祈祷——但我试试。像你，
我试试，意志如同手一样把我抓住。

像你，我以为我听见世界
临近末日的雷鸣。

那只不过是无处奔跑的
蹄子的声响。

2006 年感恩节

今晚布鲁克林也寒冷
我的所有朋友都离去三年了。
我妈妈说，我可以成为我希望的
任何东西——但我选择活着。
在一块古老褐砂石的驼背上
一支烟闪烁着，然后消失。
我走向它：一把剃刀
因沉默而变锋利。
他的下巴轮廓被蚀刻于烟雾里。

这张嘴巴在我重新进入

这座城市的地方。异乡人，明显的

回音，这儿是我的手，沾满血

稀薄如寡妇的泪。我准备好了。

我准备成为你抛在身后的

每头动物。

首语重复法如同应对机制

辗转难眠

于是你穿上他的灰皮靴——没别的东西——走

进雨中。虽然他去了，你想，我还是希望

清洁。要是雨是汽油，你的舌头

一根点燃的火柴，你不消失就可以改变。只要

他死第二次，他的名字就会在你嘴里

变成牙。但他不会。当他们把他推走时

他死了，神父将你领出房间，你的手掌两池雨水。

他死了，当你的心脏跳得更快时，

当另一场战争给天空镀铜时。他死了，每天夜里

你闭上眼睛听他缓慢的呼气。你的拳头令黑暗

窒息。你的拳头在洗澡间的镜子中间。他死

在人人都在笑的派对上，你只想

去厨房，做七个煎蛋饼

在屋子烧毁之前。你只想跑进森林里乞求

狼操死你。他死了当你醒来时

永远是十一月。一张亨德里克斯[1]唱片

熔化在生锈的唱针上。他死那天早晨他吻你

两分钟之久，他说等等接着说

---

[1] 吉米·亨德里克斯，出生于美国华盛顿州西雅图，美国吉他手、歌手、作曲人，被公认为是摇滚音乐史上最伟大的电吉他演奏者。1966年吉米组建乐队，1967年夏，他成功地进行了欧洲巡演，在保罗·麦卡特尼的大力推荐下，他参加了伍德斯托克音乐节，他的成功使他跻身于世界明星的行列。

我有话要说，你飞快地抓住你喜欢的粉红枕头把他扪住，他在柔软
而黑暗的织物里喊叫。你依旧压住直到他彻底安静，
直到墙壁溶解，而你又一次站在拥挤的
火车里。瞧，它怎样把你前后摇晃，像跳一支慢舞
——从多年的距离看见的。你依旧是一个新手。你依然故我
而他总是微笑。他的牙齿映在窗里
映着你的嘴唇，当你张嘴说 Hello 时——你的舌头
一根火柴。

空气之躯

假设你改变你的生活。
而身体多于

夜晚的一部分——被封闭于
挫伤。假设你醒来

发现你的影子被一条黑狼
取而代之。这个男孩，美丽

却跑了。于是你反而对着墙
拿起刀。你一遍遍地砍

直到一枚硬币似的光出现
终于，你可以朝里边看，

幸福。那只眼
从另一面往回盯着——

等待着。

有一天我会爱上王海洋

海洋，别害怕。
道路尽头在前方那么远
它已经落在我们身后。
别担心。你们的爸爸只不过是你们的爸爸
直到你们有人忘记他。就像脊椎
不会记得它的翅膀
不管我们的膝盖多少次
亲吻路面。海洋，
你在听吗？你身体中最美的部分
是你妈妈的影子
落下的地方。
这儿是装着童年的房屋
只剩下一条红色的地雷拉发线。
别担心。就把它叫做地平线吧
你永远不会触及它。
这儿是今天。跳吧。我保证它不是
一条救生艇。这儿是男人
他的怀抱宽阔得足以围住
你的离去。这儿有这一刻，
就在光熄灭之后，你依旧看得见
模糊的火炬在他的两腿之间。
你怎样一次又一次用它
寻找你自己的双手。
你恳求第二次机会
喂给里面空荡荡的嘴。
别害怕，炮轰声
只不过是人们拼命活得
更长一点的响声。海洋，海洋，
起来吧。你身体最美的部分
是它向往的地方。

孤独依旧是在世上
度过的时光。这儿是
每个人都住在里面的房间。
你死去的朋友们穿过你
像风
穿过风铃。这儿是一张桌子
用一条瘸腿和一块砖
最后拼成。是的，这儿是一个房间
那么温暖，近乎血液，
我发誓，你会醒来——
并错把这些墙
当皮肤。

工艺随笔

因为蝴蝶的黄翅膀
在黑淤泥中扑腾
是一个词
搁浅在其语言旁边。
因为没有别人
来临——而我
从理性中奔出。
于是我收集一撮
灰烬，黑如墨，
把它们锤打成
骨髓，锤打成
一个脑壳，厚得
足以保存
梦的轻柔
咒骂。是的，我瞄准
仁慈——
但只有封闭出现

如建一个笼子
在心脏周围。百叶窗
遮盖住眼睛。是的，
我给了它双手
尽管知道
去将那泥板伸展成
光的五块刀片，
我要去
太远。因为，我，也，
需要一个容身
之地。于是我
把手指蘸黑
伸进火里，撬开
低垂的脸
直到伤口扩大
成咽喉，
直到
每片肺叶都摇晃银子
带着那个上帝
——可怕的尖叫
我完成了。
这就是人类。

献身

反而，这年开始
用我的双膝
刮擦着硬木
另一个男人留在
我的喉咙里。新雪
在窗上噼啪作响，
每片都是一个字母

来自我已永久
合上的字母表。
因为这种差异
在祈祷与慈悲之间
是你如何动
舌头。我把自己的舌头
压到肚脐熟悉的
螺纹上，糖浆丝
朝着献身
下降。没有什么
比拥有一个男人的心跳
更神圣了，在你的
由于太多空气
而变得尖利的牙齿
之间。这张嘴这进入一月的
最后入口，随着
窗上噼啪作响的新雪
静下来。
那又如何——如果我的羽毛
在燃烧。我
绝不要求飞翔。
只是去感觉这种充满，
这种完整，像雪触摸
裸露的皮肤，就是如此，
突然，雪
停了。

"有一天我会爱上王海洋"

——王海洋诗歌译介

/ 远洋

  2018 年 1 月，一位名叫王海洋的年轻诗人获得举世瞩目的艾略特奖，可谓在英语诗歌界横空出世、一举成名。这个生猛的诗歌新秀，是何许人也？查其简历，得知是一个不到三十岁的越南小子，他 1988 年出生于西贡，两岁时移民美国，在布鲁克林学院获得文学士学位，并获得美国诗人学会奖学金，在纽约大学获得硕士学位。2016 年，他的处女诗集《出口创伤累累的夜空》出版后，被《纽约客》《纽约时报》《波士顿环球报》、美国国家公共广播电台、《迈阿密先驱报》《旧金山编年史》《图书馆杂志》等众多媒体评为年度最佳图书，又在一两年内接连斩获前进奖、怀丁奖、艾略特奖等六个大奖，受到极高评价。《观察家报》评论家凯特·凯拉韦将它描述为"展现一段暴力与脆弱相碰撞的人生的通道"；《纽约时报》书评家角谷美智子则称赞王海洋有"恰到好处的张力，让人联想到艾米莉·狄金森的作品，同时还具有杰拉尔德·曼利·霍普金斯那般对文字音韵的领会力"。艾略特奖评审主席比尔·赫伯特说，诗集《出口创伤累累的夜空》"作为一部处女作的确非常引人入胜，（标志着）一个重要声音的最终诞生"。《纽约客》曾经为他做了一个专辑，其中有篇评介文章的标题就是："一个叫海洋的诗人怎样修理我们的英语"。在《头朝前》一诗中，他述说自己的身世：

当他们问你
从哪里来时，
告诉他们，你的名字
是一个战争妇女的血肉
喂养的，她没有牙齿。
因为你不是出生——
而是头朝前，爬出——
进入狗群的饥饿。

　　这部诗集刻画了祖孙三代人所经受的战争创伤。据有关资料介绍，王海洋的出生地是西贡附近一家米厂，战乱时期搬迁至难民营，他在诗中这样描述："难民营，一间锈黑的棚屋，点亮祖母／最后一支蜡烛，我们用手抱着猪脸"（《如同伤口的自画像》）。后来因援助难民的"房屋计划"，全家迁至美国康奈迪克州。由于越战使家人的教育中断，王海洋全家都是文盲。两岁来到美国的王海洋，成长于这样一个遥远而陌生的"敌国"，直到十岁才学会用英文说写。童年唯一的记忆就是，外面下着新雪，他和兄弟姐妹们围坐在妈妈、姨妈身边，听姥姥讲老越南的故事。

　　王海洋在采访中说道："姥姥年轻时为西贡米厂工作。她是一个诗人，所有米厂工人都是诗人。她们日复一日劳作、吟咏。"姥姥对越战灾难的见证和讲述，对于幼儿时期的海洋来说，竟有一种超现实主义色彩。他深刻地记得姥姥说的："西贡沦陷时，很奇怪，我记得在放一首冬天的歌谣。"因此，在他的诗《晨歌，燃烧的城市》中，记叙越战晚期美军的"疾风行动"，本是紧张而慌乱的战地撤离，在他的笔下，却悠然流淌着欧文·博林《白色圣诞节》音乐的进行曲。一边是电台在喊"跑跑跑"，一边是背景音乐中的"祝你们的日子快乐而光明……祝／你们所有的圣诞节纯洁如雪"。蒙太奇般的镜头，令人震惊的意象，错落有致的结构，"他的诗行有长有短，他的姿态是叙述的也是抒情的，他的措辞既有条理又漫不经心"（《纽约客》）。真实的历史场景里，包涵着太多不堪和强烈的反讽意味：

　　他倒满一茶杯香槟，递到她唇边。
　　张开，他说。

　　　　她张开。

………

祝你们的日子快乐而光明。她在说着

　　他俩谁也听不见的话。旅馆滚动

　　　　在他们下面。床是一片冰原

嘎吱作响。

别担心，他说，当第一颗炸弹照得他们的脸

　　发亮时，我的兄弟们已经赢得战争

　　　　　　和明天……

　　这些光熄灭了。

在新世界，他也无法摆脱那些痛苦的记忆，尽管这些记忆全都来自上两代人的讲述。触目所及，所有的景物都笼罩着战争的阴影。看到一条搁浅的海豚，也觉得"它的牙齿／像子弹闪闪发光"，联想起"休伊"型直升机，"战斧"式巡航导弹和"半自动"步枪。

诗集封面图画是两个女性长辈扶着一个小男孩，小男孩的衣服上写着"我爱爸爸"，很值得玩味。某种意义上，就是王海洋儿时家境和成长历程的写照。童年在难民营中度过的时光，被母亲、外祖母和姨妈等女性长辈抚养长大，父亲的缺位或者说父爱的缺失，给他留下了深刻的心理印记，或者说永难解开的心结。他经常说自己是被女人抚养长大的——在到达哈特福德后不久，他父亲因殴打母亲而被关进监狱，他的父母很快就离婚了。他妈妈和奶奶经常教他野外歌曲和格言。"在一条正在下沉的船上，一个女人变成救生筏"（《移民的俳文》），于是，他的性取向和恋父情结作为他生活的两个方面体现在了作品之中，有好多首诗歌借希腊神话探索父子角色问题。2017 年他曾对《卫报》提起，"西方神话里充满了父亲（这一角色）。我个人一直在追寻我的父亲。我觉得我最好弥补一下，就像荷马那样"。他在很多诗中写到继父，写到"母亲的男友"，但父亲是一个虚构人物，是想象的存在。在《忒勒玛科斯》中，他写道：

像任何一个好儿子，我把父亲

从水中拖出，抓住他的头发

把他拖过白沙，他的指关节刻出一道痕迹
波浪涌入擦去。……
……你知道我是谁吗，
爸？但回答从未响起。回答

是他背后的弹洞，注满
海水。他那么安静，我想

他可以是任何人的父亲，被发现
像一只绿瓶子可能出现

在一个男孩脚边，

　　忒勒玛科斯，希腊神话中奥德修斯和珀涅罗珀的独子，名字意为"远离战争"。奥德修斯出征特洛伊后，他由门托尔抚养。许多人向他母亲求婚，他劝求婚者离开，但没有用。在雅典娜的建议下前往皮罗斯寻父，雅典娜化成门托尔，一路陪着他，保护他。后终于遇见阔别多年的父亲，一起返回故乡，杀死所有向他母亲求婚的人。后遂以其名喻指回老家尽其天职的人。诗人借用这个神话人物的意思不言自明。在《拉撒路》一诗中，他的父亲成了《圣经》中复活的拉撒路，"他进入我的房间，像上帝 / 从一幅画里走出 // 从风中返回，他喊我 / 用满嘴的蟋蟀……"

　　据《纽约客》介绍，王海洋出生时名叫 Vinh Quoc Vuong（或可译为"王荣国"）。有年夏天，在美甲沙龙工作的妈妈，告诉一位顾客她想去海滩。她不停地说，由于发音问题，她把 beach（海滩）说成了 bitch（婊子），因此别人听起来，她就是说"我想去做婊子"，顾客好不容易弄明白她的意思，建议她用"ocean"这个词代替 beach。当她得知海洋不是沙滩，而是一大片涉及许多国家的水域，而越南和美国就相隔一片辽阔无垠的太平洋时，她便给儿子改名叫"海洋"。于是，诗人用自己的名字写了劝慰自己"海洋，别害怕"，写了一首题为《有一天我会爱上王海洋》的诗，看似平白如话，意义却相当含混，晦暗不明。正因为如此，才具有了艺术的"空框"结构，得以容纳、亦可读解出错综复杂的情感经验，其中涉及童年记忆、缺失的父爱、伙伴之死、战争的恐惧和人在异乡的漂离之感。

> 当我们离开它时，那座城市仍在闷烧。要不它就是一个完美的春之晨。白色风信子在大使馆的草坪上喘息。天空呈现九月的蔚蓝，鸽群继续啄食从被炸毁的面包店飞溅出来的一点点面包屑。他说人行道上导弹的影子变得更大，看起来像上帝在我们头上演奏空中钢琴。
>
> ——《移民的俳文》

比尔·赫伯特说："这部诗集中的故事里有一股不可思议的力量，诗集的核心部分有着关于代际因果报应论的迷思。海洋是一名移民，他需要与自己和过去的关系、自己和父亲的关系以及自己和自己性取向的关系妥协。这一切都在一些相当奇特的想象中得以展现。这本诗集折射出的世界观令人叹为观止。"

有这样一件小事，说王海洋在布鲁克林上大学时，他的祖母逝世了，他回到越南参加葬礼。他说，当时"我被压垮了，因为每个人看起来都像我的家人"。从中足以看出王海洋所承受的生命之重。这位年轻诗人自己并没有真正经历过战争，但他在写作中自觉地通过个人化书写承担起一个民族的历史记忆，正如加缪所言："写作之所以光荣，是因为它有所承担，它承担的不仅仅是写作。它迫使我以自己的方式、凭自己的力量和这个时代所有的人一起，承担我们共有的不幸和希望。"仿佛几代人的苦难都压在这个年轻诗人的身上，仿佛无数死者的灵魂都在通过他这一只孤独的笔来倾诉，因而获得了震撼人心的力量。同时，也给我们提供了一份极好的参照物，甚至可以说是一面能照见缺陷和不足的镜子。读王海洋的诗，让我总是想起陀思妥耶夫斯基的一句话："我只担心一件事，我怕我配不上自己所受的苦难。"

2018.7.13.

（选自《红岩》2019 年第 1 期）

季度观察

"高耸的圆顶很快将沉入暗夜"

——2019 年春季诗歌阅读札记

/ 霍俊明

改变我们的语言，首先必须改变我们的生活。

——（圣卢西亚）德里克·沃尔科特

失去了爱的自由，就失去了整个自由。

——伊蕾

1

"高耸的圆顶很快将沉入暗夜"出自欧阳江河刚刚完成的长诗《埃及行星》。在一个个时间的脆片中，人和历史都是瞬间的化身，而真正伟大的诗歌"圆顶"如何能够不被时间的暗夜所淹没就成了诗人必须面对的诗学难题了。

即将写完这篇阅读札记的时候我收到朵渔从天津寄来的最新一期《汉诗界》（2019 年 1 月总第 4 期，编号是 056）。这期是"伊蕾纪念专号"，在我看来真正的诗人通过文字而一次次重生，也得以在精神世界的星群中恒久闪亮。

而从浩如烟海的当下现场提取出优质的诗歌（文学）文本，仅凭选家、编辑家和评论家的一己之力几乎是不可能完成的，而近期人工智能"谷臻小简"的"机器阅读""深度学习"以及"AI 评选"——从 2018 年 20 本文学杂志刊发的全部771 部短篇小说中评选出前 60 部的榜单以及一部年度短篇——似乎在更改着这个时代的文学秩序、写作法则、文学伦理以及评价尺度，"人类和机器都有缺点，而人和机器合作，最大的好处是能节省大量时间，克服人类在速度、注意力、先入为主、自身喜好等方面的局限。与此同时，人类也面临着巨大的挑战，比如，如何认识人类在这些判断之下的位置，如何在 AI 高速发展的时代提高自身的竞争力，如何理解甚至参与创造 AI 的写作伦理……"（走走、李春《未知的未知——AI 榜说明》，《思南文学选刊》双月刊 2019 年第 1 期）

花城出版社 2018 年 12 月出版的《50 年代：五人诗选》（于坚、王小妮、梁平、欧阳江河、李琦）就是对历史序列和时间深处"好诗"的一次重新展示，而从 20 世纪 80 年代朦胧诗的《五人诗选》到 2017 年的《五人诗选》《新五人诗选》再到这次的《50 年代：五人诗选》正是通过"五人诗选"的样式在一个极其显豁的诗歌史谱系上呈现了经典化的动因，正如这本诗选的书封所强调的："中国当代老诗骨新鲜集结，经典新作共一炉精彩纷呈，当尚义街六号和玻璃工厂与巴蜀词典和纸里的火相遇，这就是时光。"而罗振亚先生在这本诗选的《序言》中更是一语中的道破"天机"："那么，为什么每本都只从所属时段灿若群星的诗人中，抽取出五人的'面孔'，令他们亮相？这在某种程度上是否可以说是一种冒险的行为？为什么偏偏是五人？每个时段'胜出'的何以是此五人而非彼五人？面临诸多可能出现的质疑与拷问，首先必须申明，以上诗集的编选不论是为了对历史进行必要的清理，还是出于提供'范式'意义的建构诗坛秩序的企望，抑或是要在诗歌史视野上展示诗人的创作实绩，均非哗众取宠，以吸引读者的眼球；相反都是希求通过这样一种方式，确立当代诗歌自己的经典，即源于诗歌经典化的深细考虑的具体尝试。"

从一个更长时效的阅读时期来看长诗与总体性诗人往往是并置在一起的，二者在精神深度、文本难度以及长久影响力上都最具代表性。"达尔维什晚期的巅峰之作长诗《壁画》，让我阅读之后深受震撼，这个版本也是薛庆国先生翻译的。达尔维什早期的诗歌基本都是抗议性的诗歌，当然它们也是极为优秀的，但是从人类精神高度的向度上来看，《壁画》所能达到的高度都是令人称奇的。我个人认为正因为达尔维什有后期的那一系列诗歌，他毫无悬念地成了 20 世纪后半叶最伟大的诗人之一。"（吉狄马加《在时代的天空下——阿多尼斯与吉狄马加对话录》，《作家》2019 年第 2 期）每个诗人和写作者都会在现实、命运以及文字累积中（尤其是长诗）逐渐形成"精神肖像"乃至"民族记忆"，尽管这一过程不乏戏剧性甚或悲剧性。

273 ·

今年 3 月 1 日，欧阳江河先生将刚刚在 2 月 28 日定稿的长诗《埃及行星》（共二十章）通过微信发给了我。这首最新出炉的长诗仍然典型性地体现了诗人在历史化的精神想象力（精神考古学和思想对位）以及词语想象力两个维度上的突出表现，这也是多年来欧阳江河对智力机巧和修辞技巧的超级迷恋，"出埃及的路上，一道死后目光 / 落在一大群未归远人的身上 / 众法老，唤醒同一只黄金大鸟 / 过往年代有如一个飞翔的黑洞 / 将木乃伊身上的众声喧哗 / 深深吸入，用以供养鹰的缄默 / 暮晚时分，大地像一朵莲花 / 高耸的圆屋顶很快将沉入暗夜 / 远处的棕榈树也将被石棺文覆盖 / 更远处的大海，漫过鹰翅和万卷书 / 与金字塔顶的幽深目光齐平 / 这不是人类固有的目光 / 这是从另一个行星投来的目光 / 没有这道目光，鹰眼也就没有海水 / 鹰的游历，紧贴在光的脊椎骨上 / 光的速度慢下来，以待黑暗跟上"。由此我想到的则是几十年来欧阳江河在不同时期所贡献出来的代表性的长诗文本，而长诗写作也成为展现一个诗人综合才能的绝好平台。无论是计划经济时代，还是市场经济时代，还是到了 CBD 的消费时代以及科技爆炸时代，欧阳江河都拿出了比较具有代表性的长诗文本，比如《悬棺》《快餐馆》《玻璃工厂》《咖啡馆》《关于市场经济的虚构笔记》《傍晚穿过广场》《泰姬陵之泪》《黄山谷的豹》以及《凤凰》《看敬亭山的 21 种方式》《四环笔记》《老男孩之歌》《祖柯蒂之秋》《自媒体时代的诗语碎片》《宿墨与量子·男孩》等等。这些文本对于考察那个时代同样具有社会学意义上的价值，尽管从诗歌内部的构成和机制以及某种写作惯性来看其中会存在着问题。

在诗歌活动化、媒介化成为常态的今天，在诗歌写作人口难以计数的今天，诗人如何写作、如何维持写作的难度和精神深度是常说不衰的问题。《天涯》2019 年第 1 期推出"诗与思"随笔小辑，包括臧棣《诗道鳟燕》、杨炼《剩水图》、西渡《诗学笔记》、王家新《我们所错过的布莱希特》、清平《日思录》、于坚《挺身而出》、孙文波《洞背笔记》、蒋浩《方言》。这整体性地展示了当下汉语诗人的文体意识、当代经验以及精神难度和思想能力。

在《散文诗世界》（2019 年第 2 期）我读到了李亚伟的六篇随笔，名为《身边的诗意》，在《黄珂和他的流水席》《厨子诗人》《客栈诗人》中再次目睹了酒桌上的诗人、沙龙的女艺术家、客栈的诗人和赵野这样的"边缘诗人"，也会想到一代人的诗歌写作和饮酒、交游的生活中的诗意和反诗意、"大学时我就喜欢上了喝酒，而且酒友发展极其迅速，我结交了胡玉、万夏、二毛、敖哥、马松等人，大家经常一起东游西荡，写诗喝酒，很快就过上了诗酒风流的快活日子。我经常说：我们这些人是因为很多个共同目标走到一起来的。"（《厨子诗人》）而 2018 年 12 月中旬在西双版纳景洪的夜色里，李亚伟和默默一直在喝酒，不胜酒力的我只能勉强陪了两杯。

在这个涣散莫名而又自我极其膨胀的年代，能够旷日持久地坚持精神难度和写作难度的诗人实属罕见。而在一定程度上长诗可以作为一个时期诗歌创作的综合性指标，尤其是在"个体诗歌"和碎片化写作近乎失控的时代正需要重建诗歌的整体感和方向性，需要诗歌精神立法者的出现。刚刚过去的 2018 年恰好就是长诗创作的丰收之年，2019 年开端又有《人民文学》《钟山》《作家》《作品》《青春》《滇池》《边疆文学》等综合性文学刊物推出了数位诗人的最新长诗。其中刘年的《摩托车赋》颇值一读，既是近年来刘年"在路上"的见证又是一个诗人精神能力的显影。先锋诗评家陈超先生在《深入生命、灵魂和历史的想象力之光——先锋诗歌 20 年，一份个人的回顾与展望》一文中以相当精审、敏锐的个人和历史视域回顾了先锋诗歌 20 余年的文体和精神发展史。而我之所以强调这篇独特的文章在于想指出自 20 世纪 90 年代以来的诗歌写作尤其是极少一部分的长诗写作，确实蕴含了一种独具个性而又相当重要的个人化的历史想象力和深入现实的精神向度。这种个体主体性前提下的历史想象力较之 20 世纪 80 年代仍然带有写作"青春期"惯性和文化狂想症。按照陈超先生的解释，个人前提下的历史想象力是指诗人从个体主体性出发，以独立的精神姿态和话语方式去处理生存、历史和个体生命中显豁的噬心问题。换言之，历史想象力畛域中既有个人性又兼具时代和生存的历史性，历史想象力不仅是一个诗歌功能的概念同时也是有关诗歌本体的概念。

2019 年第 1 期《青春》刊发了于坚的长诗《莫斯科札记》并附有韩东的导读文字："于坚是继北岛之后现代汉语最重要和卓越的诗人，北岛是先行者，于坚是集大成。早年，于坚以先锋姿态示人，其写作实践影响了一代人或几代人。近年来于坚写作的体量日趋庞大，内容丰富庞杂，可谓气象万千……其形式意蕴亦有全新变化。于坚敢于自我否定和自始至终的探索精神对后来者而言是一个激励，也是一份礼物。"于坚的这首最新长诗的开头让我想到了他当年的另一首长诗《飞行》，《莫斯科札记》再次体现了于坚强烈的个人化的历史想象力以及个人化历史的全景展现。一代人甚至几代人的日常生活和精神生活与历史、现实之间的复杂关系被深度描写般地推送到我们面前，"那一年我们用三轮车搬家 / 从里仁巷搬到了东风西路／苏联人设计的小房子　厕所在一楼"。这与《尚义街六号》《罗家生》有着内质的历史谱系，这也是于坚对自己几十年写作的一次致敬和总结。

《滇池》2019 年第 1 期则刊发了海男长诗《夜间诗》。这是一个夜间漫游者的歌者，且一身黑衣，"那个身穿白色长袍的幽灵一定是自己前世的影子"。她擅长编织术，但一生都在反复编织着一个语言荆棘的花冠。她也试图砍凿一个橡树独木舟去远行。黑夜，注定了时间和体验、情绪也是低郁的、黑色调的，正如海男递给自己的黑色钢笔和"黑色的日记"——她的梦书却是绚烂至极。黑，是时间之伤、女性之伤和想象之伤。这是一个在诗歌空间里反复徘徊、出走、逃离、奔跑、游离、溢出、不安的女性——"一个人死了但仍在梦中逃亡""我的一生是逃亡的一生""我的一生，是一个身穿裙子逃亡的历程"。白日梦替代了白天和尘世。那么，一次次逃亡和出离，她是否寻得了宁静的时刻？这是解读海男诗歌的一个必经之途。在长诗《夜间诗》的第 39 部分，海男将精神出逃的过程推向了戏剧化的高潮。三次出逃的叙事，具体而又抽象的人生三个阶段（黎明、人生的正午、人生的下午）以及精神隐喻的"手提箱"，都高密度而又紧张地呈现了女性成长仪式的代价。尤其是叙事和抒情、自白和呈现、经验与想象的平衡使得这一精神履历足够代表女性精神的内里。"母"与"女"在出逃之路上的影像叠加和精神互现，反复出现的车站、车厢、柳条箱、书籍、经书，这一切交织在一起所扭结的正是一个女性的"情感教育"和精神成长仪式的不安旅程。出逃就是要摆脱成为"终生的囚徒"和"永恒的囚徒"，寻得一个打开自由的钥匙，其出逃的终点自然是灵魂的安栖寓居之所，"逃离了高速公路，再进入村庄果园再进入一座古刹／再进入一间小屋，灵魂便安顿下来"。值得提及的是，箱子（手提箱）在海男的人生经历和写作经验中占有着重要的位置（比如她的小说、散文、自传和诗歌中反复出现的皮箱，比如诗歌《火车站的手提箱》）——移动、迁徙、漂泊、出走、游离、漫游、未定、不安。26 岁的海男和 19 岁的妹妹海惠的充满了青春期幻想和冲动的黄河远足以及对《简·爱》《呼啸山庄》的疯狂阅读，都必然导致了女性的精神漫游以及在此过程中的自我成长和情感教育。

《钟山》2019 年第 1 期发表了胡弦的长诗《蝴蝶》以及周伦佑的《春秋诗篇》（七首）。

胡弦的诗歌话语方式对当下汉语诗歌写作具有某种启示性。诗人一方面不断以诗歌来表达自己对世界的发现与认知（来路），另一方面作为生命个体又希望能有一个诗意的场所来安置自己的内心与灵魂（去处）。这一来一往两个方面恰好形成了光影声色的繁复交响或者变形的镜像，也让我们想到一个诗人的感叹"世事沧桑话鸟鸣"。各种来路的声色显示了世界如此的不同以及个体体验的差异性。但是，问题恰恰是这种体验的差异性、日常经验以及写作经验在当下时代已经变得空前贫乏。是的，这是一个经验贫乏的时代，而胡弦的启示性正与此有关。无论是一个静观默想的诗人还是恣意张狂的诗人，如何在别的诗人已经蹚过的河水里再次发现隐秘不宣的垫脚石？更多的情况则是，你总会发现你并非是在发现和创造一种事物或者情感、经验，而往往是在互文的意义上复述和语义循环——甚至有时变得像原地打转一样毫无意义。这在成熟性的诗人那里会变得更为焦虑，一首诗的意义在哪里？一首诗和另一首诗有区别吗？由此，诗人的"持续性写作"就会变得如此不可预期。胡弦则在诗中自道："比起完整的东西，我更相信碎片。怀揣 / 一颗反复出发的心，我敲过所有事物的门。"而每次和胡弦见面的时候，他都会谈到近期在写作遇到了一些问题——在我的诗人朋友中每次见面谈诗的已经愈来愈少——正在寻找解决的方法等等，比如他近年来一直在尝试的"小长诗"的写作（《蝴蝶》《沉香》《劈柴》《葱茏》《冬天的阅读》等）。流行的说法是每一片树叶的正面和反面都已经被诗人和植物学家反复掂量和抒写过了。那么，未被命名的事物还存在吗？诗人如何能继续在惯性写作和写作经验中电光石火的瞬间予以新的发现甚至更进一步的拓殖？不可避免的是诗人必须接受经验栅栏甚至特殊历史和现实语境的限囿，因为无论是对于日常生活还是个人化的历史想象力和修辞能力而言，个体的限制都十分醒目。当在终极意义上以"诗歌中的诗歌"来衡量诗人品质的时候，我们必然如此发问——当代汉语诗人的"白鹭"呢？胡弦给出了自己的答案，"具体到我自己，年岁虽已不小，但总觉得现在的写作像一种练习，是在为将来的某个写作做准备。我希望把创作的力量保持到暮年"。从精神视野以及持续创作能力而言，诗人应该是一个能够预支晚景和暮年写作的特异群类，就像瓦雷里一样终于得以眺望澄明。

周伦佑的《春秋诗篇》完成于 2017 年 10 月至 2018 年 2 月，通过与老子、庄子、孔子、墨子、孟子、韩非子的精神对话以及诸子时代的"春秋精神"、哲学思想以及悲剧命运体现了一个当代诗人与历史化传统之间的深入互动和对话关系。正如周伦佑所言："在世界史学界，一般把古希腊视为人类文化和精神的黄金时代。其实，我们根系的汉文化也有自己辉煌的黄金时代，这就是先秦时期的诸子百家时代。但除了学术研究之外，很少有现代作家——特别是现代诗人深入这个领域，以诗性之笔表现这个黄金时代中那些伟大的本源性思想家的悲剧命运，以及他们在与命运对话中所创造的影响中国几千年的哲学思想。这组《春秋诗篇》，就是试图通过挖掘那个黄金时代中那些本源性思想家个人命运的某个片段或思想的某个侧面，以呈现'诸子横议''百家争鸣'的那个伟大的黄金时代的黄金之诗——当然，这其中也涵括笔者对诸子哲学独具一格的诗性解读。这是现代诗在这个题材领域的第一次尝试，也是对当代诗歌中那种唯'西方价值尺度'是从的'翻译体写作'的反拨。"（《春秋诗篇》写作札记）值得注意的是这七首诗《太阴的奥义——〈老子道德经〉的隐喻诗学解读》《庄周被蝴蝶梦见——读〈庄子〉破译"庄周梦蝶"千古迷思》《帝王师的哀荣——孔子晚年行迹考》《侠者的隐遁——读〈墨子〉想墨者的任侠精神》《涵养天爵——仰首天境读〈孟子〉》《诸子终结者之死——韩非之死的前言后记》《春秋有诗——从诸子时代读"春秋精神"》的注释多达八十三条之多，这不仅体现了一个当代诗人的知识和学养，也在另一种向度上体现了传统精神资源的博大精深。

2

　　一个人在写作中所处理的事物和世界不是外加的，而是作为生活方式和精神方式的直接对应。包括组诗《谈谈鸟儿》（《文学港》2019年第3期）在内，近年来的哨兵近乎是一个一意孤行的写作者，他一直在孤独和隐忍中写作，一直在召集词语完成他个人的地方志和词语心史，甚至还试图用词语去改变现实世界。这不仅是其性格使然，更与这个时代"地方知识"以及因此形成的尴尬、分裂甚至退守、紧缩的写作命运有关。从其几年前的诗集《江湖志》和《清水堡》开始，这种写作路向已经被非常明确地建立起来了。布罗茨基在评价温茨洛瓦的时候曾强调一个诗人与地方空间的重要关系："每位大诗人都拥有一片独特的内心风景，他意识中的声音或曰无意识中的声音，就冲着这片风景发出。对于米沃什而言，这便是立陶宛的湖泊和华沙的废墟；对于帕斯捷尔纳克而言，这便是长有稠李树的莫斯科庭院；对于奥登而言，这便是工业化的英格兰中部；对于曼德尔施塔姆而言，则是因圣彼得堡建筑而想象出的希腊、罗马、埃及式回廊和圆柱。温茨洛瓦也有这样一片风景。他是一位生长于波罗的海岸边的北方诗人，他的风景就是波罗的海的冬季景色，一片以潮湿、多云的色调为主的单色风景，高空的光亮被压缩成了黑暗。读着他的诗，我们能在这片风景中发现我们自己。"（《世界文学》2011 年第 4 期）这样来说的话，哨兵心中独特之地则是洪湖，尽管这一故乡已经带有了异乡的成分，"在出生地与异乡间 / 飘荡,愿与故土 / 势不两立"（《乡关论》）。

　　一个诗人如果有了十年左右的写作训练乃至拥有了个人写作史，尤其是有了一定的读者认知度和影响力之后，就很容易因为写作惯性又不自知而导致瓶颈期的出现。2019 年年初的时候，"东大陆"青年诗丛六种《春山空》（王单单）、《状物之悲》（果玉忠）、《数羊》（尹马）、《洒渔河》（赵家鹏）、《寻洲记》（张翔武）、《野薄荷》（张猫）由中国青年出版社出版。云南的青年诗人尽管颇受外界争议，但是他们总是每每通过文本的成色澄清那些误解和刻板印象，尤其是他们诗歌中的精神能力不得不让我们这个时代的读者刮目相看。在此，可以其中王单单近期的诗歌为例略作说明。

　　王单单之所以能够安全渡过瓶颈期，在于自省能力以及诗歌内外的更新能力，而这一自省能力既是精神层面的也是语言层面的，"无论个人的诗歌观念还是对这个世界的认知都有了更为彻底的刷新"（王单单诗集《春山空》的自序《让"诗"立起来，让除此之外的一切垮掉》）。而瓶颈期的形成不仅与诗人自身的认知程度和写作局限有关，也与普通的阅读者和专业批评者的阅读惰性有关。加之长期以来流行的社会学批评方法，这都使得很多诗人被过早地贴上了标签，以至于让人对其后来的变化熟视无睹。我此前曾经给王单单写过两篇专论以及一篇访谈，现在看来其中的一些观点和判断（比如乡土写作、地方写作以及底层写作）都要重新修正。而写作和批评之间本应该就是不断生成、彼此打开、相互砥砺的激活与对话关系，可惜的是这一有效的双向关系在很多时候被悬置了。而近期王单单的诗歌就是对阅读和批评的重新刺激乃至惯性印象的纠正，在 2018 年 11 月 19 日给我的短信中王单单说道："陈超先生的《生命诗学论稿》佐证了我一直坚持的紧贴生命，从个体经验洞开或者重新命名公众世界被遮蔽的部分。很多人给我贴上了底层写作的标签，我不以为然，我认为我的写作就是先生生命诗学的践行。"这本《生命诗学论稿》是中国青年出版社在 2018 年出的修订版，在十月初的云南大理我送给了王单单一本，因为我觉得这本书对于诗人来说是必读书。而诗人的新变自然也需要阅读者和批评者们及时做出回应，而这一变动正是"当代"文学的最显豁的特征——动态、流变、未定型。如果帕斯所言的"诗歌是一种命运"成立的话，那么王单单近期的诗歌所呈现的命运既是人格、精神层面的又是词语、修辞方面的，即重新激活了"词与物""诗人与生活"的关系。而王单单早期的诗歌之所以被贴上"底层写作""云南写作"的标签，与其一部分诗歌过于明显和明确的伦理化判断和急于表态式的写作方式有一定关系。对此，王单单有着深彻的自省和检视，"我的写作状态也从之前的'阵地'式更换为'游击'式写作，云南背景下的地域性特征不自觉地有所弱化，诗意的发生也从对自然物景或者个体经验的直接汲取向人性深处的开掘转移""探索更加开阔的写作路径比一再地重复自己更加有意义"（诗集《春山空》的自序《让"诗"立起来，让除此之外的一切垮掉》）。"词与物"的关系需要诗人的认知能力，需要在二者之间建立起有效的生命关系以及想象性的多层次构造。《土豆命》这样的诗就在很大程度上印证了王单单的写作既是对普通甚至卑微之物在黑暗背景中的打捞，对个体生命意志的还原，又是借助物象乃至心象完成自我的认知与判断，"我又一次想到诗歌，它像发光的颗粒，沉潜在暗夜深处，等待被打捞，擦拭，去蔽，重新亮出灵魂的轮廓"。这既是寄身与寻找，也是不解与和解。人世得以在词语中现身甚至安身立命，诗人作为日常中的普通人也得以在词语和想象中完成对人世关口的涉渡，完成精神疏导或者灵魂救赎。这也正是近年来王单单诗歌中"命运"频频造访的内在驱动。这体现的正是一个写作者在词语和精神的双重层面的求真意志和诗性正义。这正印证了生活的边界也正是文学的边界，反之亦然。词语和修辞同样是对诗人的写作态度和现实态度的双重检验与考验，真正的"词与物"的关系是对固化的、惯性的、定义式和观念化写作的去除。王单单近期的诗歌在仍旧呈现出现场和现实并不轻松的一面的同时，在生活经验和生命体验的基础上更多传达出真切的命运感以及更能够引发共鸣的普适性，这些诗几乎是在一瞬间硌疼了我们。王单单在"词与物"中重新衡估写作与生活的关系，他最终发现的不仅是诗性而且还有反诗性，甚至反诗性在这个时代的写作语境中更具有象征性和必要性。因为无论是经验和精神层面的诗性或者反诗性，无论是文体和语言以及修辞层面的诗歌或者反诗歌，最终都要对应于诗人的经验的复杂性和语言的激活。

而值得注意的是"高速公路"以及迅疾的现代化工具（飞机、高铁、汽车）和碎片分割的现代时间景观使得诗人的即时性体验、观察和停留的时间长度以及体验方式都发生了超边界的后果，在稳定的心理结构以及封闭的时空观念被打破之后随之而来的感受则是暧昧的、陌生的、撕裂的，这也导致了被快速过山车弄得失去了重心般的眩晕、恍惚、迷离、动荡、无助、不适以及呕吐。这正是现代性的眩晕时刻。而我们放开视野就会发现，于坚、雷平阳、王家新、欧阳江河、张执浩、沈浩波、江非以及王单单、张二棍等同时代诗人都将视线投注在高速路的工具理性的时代景观中，那高速路上出现的兔子、野猪、刺猬、蜗牛、鸽子都被碾压得粉身碎骨或者仓皇而逃。当然，我们并不能因为如此而成为一个封闭的乡土社会的守旧者和怀念者，也不能由此只是成为一个新时代景观的批判者和道学家，但是这些情感和经验几乎同时出现在此时代的诗人身上，而最为恰当的就是对这些对立或差异性的情感经验予以综合打量和容留的对话，"鸽子们放弃了飞翔／大摇大摆地，走在高速公路上／翅膀作为一种装饰／挂在死神的肩上。正好有／车辆快速驶过，像另一种飞翔／像刚从死神身上，摘下了／那对翅膀"（王单单《高速路上的鸽子》）。王单单之所以能够迅速穿越了写作的"黑暗期"正在于他的写作不再滥用"身份""生活""底层""乡土"和"苦难""贫穷"的权利，而是愈益成熟和开阔地地将这一切转换为诗歌中的容留经验和开放式的"精神现实"，而非对现实生活表层仿写。这是建立于个体主体性和感受力基础之上的"灵魂的激荡"和真正意义上的时间之诗、命运之诗，当然也是现实之诗。总之，"边界"以及精神维度和时间维度的打开正是一种开放和辐射式的写作，而这最终又统统归纳到诗人内在化的认知装置和取景框之中。这正是对当下青年诗人写作群体的有力提醒。

　　显然，出于对现代汉语诗歌经典化的想象我们一直有着寻找"好诗"的冲动，而"好诗"又总是充满了各种可能性的面目。

　　《江南诗》2019 年第 1 期推出了诗人批评家耿占春的诗选，显然这是需要深度注意的写作现象。"作为一位诗人，耿占春的这一身份往往被他的批评家头衔所掩盖，甚至在'附记'中他自谦为一个'心不在焉的诗歌作者'。实际上，他的诗极具分量，他是少数富于'热情的沉思'的诗人之一，他的作品，总是关注着时代的肌理、历史的流变以及在此过程中自我如何得以塑造，人的尊严如何得以保存，并在这些宏阔的主题中透出经验和智性的回声。在这些感知力和洞察力得以完美平衡的作品中，形成了一种有意压低了的中正、庄重、坦诚的声音，一种可贵的声音。"（江离）韩东则在最近点评小安的组诗《给失去自己的朋友们》中不惜以"绝对之词"着意强调"小安是当代汉语写作中最优秀的女诗人，隐而不现，类似于压舱石一般的存在。在圈内，她的天赋和质地被公认；在更大范围内，小安一如她的名字极易被忽略，也不利于传播。她是本质性的诗人，从不进入诗歌名利的争斗现场，这对保护写作所需的心性以及这一路写作也是非常必要的。"
（《青春》2019 年第 2 期）

《北漂诗篇》2018 年卷（师力斌、安琪主编，中国言实出版社 2019 年 1 月版）
继续从城市空间入手展示北漂一族诗歌的精神症候的美学特质以及这一写作群体
在社会学方面的特殊存在意义，"北漂一族寻找，打拼，忍受，期冀，辗转，流离，
创造，失败，呼喊，叹息，他们写出了活生生的、五花八门的生命体验，呈现一
个个活生生的人""北漂诗歌呈现了全球化、城市化时代京城的种种面向""艰
难打拼的北漂，也是色彩绚烂的北漂"（师力斌《"灵魂相遇，诗句就是肉身"》
代序）。

张二棍的《圣物》（《诗刊》2019 年 1 月号上半月刊）体现了一个诗人将"大"
化"小"和因实写虚的能力，"多年前，也是这样骤雨初歇的黄昏／我曾在草丛中，
捡拾过一枚遗落的龙鳞／我记得，它闪烁着金光，神圣又迷人／它有锋利的边缘，
奇异的花纹／我闻到了，它不可说的气息／我摩挲着它。从手指，一阵阵传来／
直抵心头的那种战栗。我知道，我还不配／把它带回人间。甚至此时，我都不配
向你们／述说，我曾捡拾过一枚怎样的圣物／我又怎样慎重地，将它放回草丛。
我目睹／一队浩荡的蚂蚁，用最隆重的仪式／托举着这如梦之物，消失于刹那"。
这也可以视之为是垂直降临的诗，它的偶然、未知不需要解释。"圣物"是一个大词，
这一次张二棍把它带到了每个人的身边，它奇异、迷人但又几乎不为人所知——
这更像是诗人所说的"如梦之物"。这个"圣物"对于一个具体的人来说会有差异，
但无疑都有着极其强大的精神气息和思想能量，甚至会使人敬畏、失语而不可言
说。而张二棍的"圣物"让我们感受到的是过往和此刻、经验和超验、已知和未知、
现实与幻象（愿景、白日梦等）之间的缝隙和语言的可能。至于这首诗的结尾所
出现的那些"蚂蚁"无疑又是一次精神对位的戏剧化过程，指向了我们的内心渊
薮乃至终极问题。

显然，诗歌越来越被赋予或附加了各种意义和功能，读诗的人也总是希望从
诗歌中读出更多的东西，比如"微言大义""春秋笔法""社会正义""时代伦
理"等等，而在很多的时候我们忘记了在很多诗人那里诗歌首先面对的是自我，
或者更确切地说诗歌面向的首先是时间本身，而时间显然在不同的诗人那里会对
应于各自具体的事物或景观。辛泊平的《夏日午后，一个悲伤的细节》（《诗刊》
2019 年 2 月号下半月刊）就同时给我们呈现了两种时间，即物理时间和心理时间，

"夏日午后，阴雨蒙蒙／几个园林工人在移动一棵树／他们沉默着，弯着腰挖土／挖出了扭动的蚯蚓／折断的根须／以及四散奔逃的蚁群／泥土的伤口／而他们并没有停下来／巨大的树冠微微摇动／树叶纷纷落下／他们毫不在乎／似乎，他们并非针对一棵树／而是在挖／眼前的一段光阴／以及，他们留在地上的影子"。夏日午后作为一种客观时间并不具备太大的写作意义，而恰恰是园林工人移动树木的这样一个日常细节被赋予了更多的个体主体性的精神观照，从而象征随之出现，描述的背后我们渐渐看到了诗人内心的闪电和黑暗的渊薮——正如诗中的那些阴影一样在不知不觉中覆盖了我们。诗歌产生于时间碎片或者瞬间之中，而诗歌也正是作为生命诗学的本质化对应而现身和存在。我想，这就是诗歌最应该带给我们的影响或启示。

3

当《草堂》第 1 期以及其他刊物不约而同重点刊发张执浩诗歌的时候，这并非巧合，而是印证了以张执浩为代表的当代诗人与"日常诗学"和"当代经验"的深入命名关系。

诗歌评价尺度是一个复杂的动态的综合系统，必然会涉及美学标准、现实标准、历史标准和文学史标准。即使单从诗人提供的经验来看，就包含了日常经验、公共经验、历史经验以及语言经验、修辞经验在内的写作经验。评价一个诗人还必须将其放置在"当代"和"同时代人"的认知装置之中。我们必须追问的是在"同时代"的视野下一个诗人如何与其他的诗人区别开来？一个真正的写作者尤其是具有"求真意志"和"自我获启"要求的诗人必须首先追问和弄清楚的是同时代意味着什么？我们与什么人同属一个时代？因此，从精神的不合时宜角度来看，诗人持有的是"精神成人"的独立姿态，甚至在更高的要求上诗人还应该承担起奥威尔意义上的"一代人的冷峻良心"。西班牙的阿莱克桑德雷·梅洛是张执浩会心的诗人，他曾在《静待喧嚣过后》（2018）一文中援引这位诗人的话："像我这样的诗人就是我所谓的负有沟通使命的一类，这类诗人想要听到每个人的心声，而他本人的声音也包含在这个群体的声音中"并升发出自我认知，"如果我真的能够像他一样'内心怀着团结人类的渴求'，那么，我就觉得我至少不再是一个孤单的个体，而是一个能够把自己的喜怒哀乐坦然呈现给这个世界的人，而我发出的声音也将源自一具真实的血肉之躯，真诚，勇敢，带着我天然的胎记，迎来明心见性的那一天。"

多年来在阅读张执浩的过程中我感受最深的就是他前后两个时期差别巨大的诗歌风格——当然一些质素仍在延续和加深，更为重要的在于这种变化和差别具有诗学的重要性和经验的有效性。如果对此进行概括的话我想到的是"被词语找到的人"以及一个"示弱者"的观察位置和精神姿势。切近之物、遥远之物以及冥想之物和未知之物都在词语和内心的观照中突显出日常但又意味深长的细部纹理，来自日常的象征和命运感比毫无凭依的语言炫技和精神冥想更为具体和可信。在张执浩近年来的诗歌中我沉浸时间最长的正是那些日常的斑驳光影以及诗人面向生存和自我时的那种纠结。这是不彻底的诗、不纯粹的诗，而我喜欢的正是这种颗粒般的阻塞以及毛茸茸的散发着热力的生命质感。这种诗歌话语方式是"学"不来的，也是"做"不出来的，它们是从骨缝挤压或流泻出来的——这样的诗歌方式更为可靠。

而从诗人与生活的隐喻层面来看，诗人就是那个黄昏和异乡的养蜂人，他尝到了花蜜的甜饴也要承担沉重黑暗的风箱以及时时被蜇伤的危险。我们可以确信诗人目睹了这个世界的缺口也目睹了内心不断扩大的阴影，慰藉与绝望同在，赞美与残缺并肩而行。这是一种肯定、应答，也是不断加重的疑问。这纷至沓来的关于"生活"和"现实"的表述实则表征了更为自觉、内化和独立的生活态度。诗人能够对平常无奇甚至琐碎的日常状态、物体细节、生活褶皱以及命运渊薮予以发现无疑更具有难度，这方面的代表作包括《深筒胶鞋》《小实验》《砧板》《鱼刺》《秋葵》《有一棵果树》《熬猪油的男人》《一点生活》《中午吃什么》《你把淘米水倒哪儿去了》。这是生活中的暗影也是生活中的光芒，这是日常的火焰也是日常的灰烬。这是凝视静观的过程，也是当下和回溯交织的精神拉抻过程。这些从最日常的生活场景出发的诗携带的却是穿过针尖的精神风暴和庞大持久的情感载力。而任何人所看到的世界都是局部的、有限的，诗人正是由此境遇出发具有对陌生、不可见和隐秘之物进行观照的少数精敏群体——"似乎／要和某种看不见的东西同归于尽"（《挖藕》），"陌生人，该怎样向陌生的事物致敬"（《这首诗还没有名字》）。这既是幽微的精神世界也是变动不居的外部环境，更多的时候则是内在空间和外部空间的彼此打通，"秘密的水在几米深的地方浸染着／那些看不见的事物"（《挖藕》）。对隐匿和不可见之物以及社会整体的庞然大物予以透视体现的正是诗人的精神能见度，"一群羊走在雾中／一列火车走在雾中／它们并行／它们穿过我日常的空洞／而我什么也没有看到，也没有看清／是什么东西在挤压我的喉咙"（《一群羊想过铁路》）。

就我对张执浩的理解，这是一个深切而隐忍的具备敏锐洞察力和幽微感受力的"日常诗歌"写作者，也是真诚而近乎执拗的、抗辩的当代经验和精神气质突出的写作者。在诗人的精神生活和日常生活之间存在着一个隐秘的按钮或通道，与此同时在象征的层面日常生活又是一个奇异无比的场域，甚至与人之间存在着出乎意料的关系。而真实性和客观性如果建立于日常生活的话，日常生活本身的丰富性以及认识就变得愈益重要了。有时候诗人的发现又需要在日常经验中融入一定的超验和想象，这样的诗歌就能够超越个人经验而带有时间和命运感的普适性。日常现实自身谈不上意义多么重大，甚至一天和另一天也没有本质的区别，而在于诗人在日常和现场突然指出正在被人们所忽视甚至漠视的事实和真相，"你站在廊下看屋檐水／由粗变细，而河面由浊变清／远山迷蒙，裤管空洞／有人穿过雨帘走到眼前／甩一甩头发露出了／一张半生半熟的脸"（张执浩《春天来人》）。日常的戏剧性（无论是荒诞剧、正剧还是悲喜剧）都在诗人的指认中停顿、延时、放缓和放大。这种选取和指认的过程也并非是完全客观的，也必然加入了诗人的选择和主观性，以及对隐藏在日常纹理和阴影中的深层结构的挑动。由此来看，诗歌是一种重新对未知、不可解的晦暗的不可捉摸之物的敞开与澄明，一种深刻的精神性的透视。对于诗人来说，还必须对"日常生活"自身以及生活态度进行检视。也就是说具体到当代中国的"日常生活"的语境和整体意识、文化情势，诗人所面对的现实中的日常生活和修辞的语言中的日常生活都具有超出想象的难度。而以张执浩为代表的日常化的诗人所付出的努力不只是语言观和诗学态度的，还必须以个体的生命意志完成对日常生活的命名。张执浩近年来的写作一直强调诗歌对日常现场和当代经验的关注和处理能力，一直关注于"精神成人"与现实的及物性关联，一直倾心于对噬心命题的持续发现。而这样向度的诗歌写作就不能不具有巨大的难度——精神的难度、修辞的难度、语言的难度以及个人化历史想象力的难度。

张执浩的诗既是揭示和发现的过程，也是坦陈和撕裂的过程，"死亡和胎记以不同的速度在大家的体内生长"（特朗斯特罗姆《黑色的山》）。当张执浩说出"一个诗人究竟该怎样开口对他所身处的时代说话"，这既关乎一个人的精神深度又关涉其生活态度和诗歌观念，尤其是一个人对生活和诗歌的理解方式和切人角度的不同。这使得一个诗人的面貌会格外不同。正如博尔赫斯所说的诗歌是对精神和现实世界做最简练而恰当的暗示。我们很容易在张执浩的诗歌实践和写作观念（比如他的诗歌自述、访谈以及对同时代诗人的评论和随笔）中确认他是一个"自觉"的写作者，而张执浩又是一个诗歌认知能力和阐释力非常强的诗人。"我强调，一个诗歌写作者首先应该是一个对自己的音色、音域具有把握能力的人，只有具备了这种自觉，他才不会人云亦云，才有望在嘈杂的人间发出属于自我的独特的声腔。而所谓的辨识度，首先就源于写作者的这种自我认知度。"（张执浩《静待喧嚣过后》）而在我看来"自觉"的基本前提是自省，而对此恰恰当下诗人很多是不自觉的。张执浩不仅是一个严格意义上在写作和精神层面双重自觉的写作者，而且在我看来他正在经历另一个更为重要的阶段，即一个诗人的自我拔河、自我角力、自我较劲。这首先需要去除外界对诗人评价的幻觉以及诗人对自我认知的幻觉。这类诗人尽管已经在写作上形成了明显的个人风格甚至带有显豁的时代特征，并且也已经获得了广泛的认可，但是他们对此却并不满足。也就是他们并不满意于写出一般意义上的"好诗"，而是要写出具有"重要性"的诗。这也是对自身写作惯性和语言经验的不满——这关乎自我认知度，就像晚年的德里克·沃尔科特一样其目标在于写出《白鹭》这样的综合了个人一生风格和晚年跃升的总体性作品。甚至在一首终极文本中我们同时目睹了一个"诗人中的诗人"的精神肖像和晚年风貌。

我们需要的是这个时代具有启示录意义的诗歌。

是为结语。

图书在版编目（ＣＩＰ）数据

诗收获.2019年春之卷/ 雷平阳，李少君主编. --
武汉 ：长江文艺出版社， 2019.4
ISBN 978-7-5354-9347-7

Ⅰ. ①诗… Ⅱ. ①雷…②李… Ⅲ. ①诗集－中国－
当代　Ⅳ. ①I227

中国版本图书馆 CIP 数据核字(2019)第 051486 号

责任编辑：谈　骁　　　　　　　责任校对：毛　娟
装帧设计：马　滨　　　　　　　责任印制：邱　莉　　王光兴

出版：　长江出版传媒　　长江文艺出版社
地址：武汉市雄楚大街 268 号　　　邮编：430070
发行：长江文艺出版社
http://www.cjlap.com
印刷：湖北民政印刷厂

开本：720 毫米×1020 毫米　　1/16　　印张：18.25　　插页：2 页
版次：2019 年 4 月第 1 版　　　　2019 年 4 月第 1 次印刷
行数：6832 行

定价：45.00 元